猟鷹の眼

古来稀《まれ》なる大目付 5

名子

二見時代小説文庫

目次

猟鷹《りようよう》の眼——古来稀《まれ》なる大目付 5

序

闇が深い。

文字どおり、一面墨を流したような暗さである。もし仮に月夜であったとしても、鬱蒼《うっそう》と生い茂る山毛欅《ぶな》の葉に遮《さえぎ》られ、地上までは届かぬだろう。

夜の山中に人気《ひとけ》はないが、人以外のものの気配ならば、いやというほど漂ってくる。夜でも眠らぬ獣や猛禽《もうきん》は少なくない。それらが微《かす》かに漏らす低い呻《うな》り声は容易《たやす》く旅人の足を竦《すく》ませるものだが、それについては一向平気である。

獣の存在如きに脅《おびや》かされる松波三郎兵衛《まつなみさぶろべえ》ではない。怪力乱神も獣も夜の闇も、彼にとって、ものの数ではなかった。

(どうやら、完全に迷うたようだな)

いまはそのことのみが無念である。

夕暮れ時に山道を歩いていて、途中ですっかり日が暮れた。

土地勘にはそこそこ自信があったので、ものともせずに先へと進んだ。

勘を頼りにどこまでも進んでいて、いつしか迷ってしまったらしい。

気がつけば、己が一体何処《どこ》を歩いているのか、さっぱりわからなくなった。

（しかも、寒いぞ）

三郎兵衛は無意識に大きく身震いする。

山中の気候は市中とは格段に違う。日頃は真冬であっても綿入れなど羽織《はお》らず、火鉢にもろくに当たることのない三郎兵衛も、単衣《ひとえ》の着流し一枚で夜間の山中にいるのはさすがに厳しい。

（おまけに腹も減ってきたわい）

山道などたいしたことはないとタカをくっていた。己の健脚に自信があったし、若い頃から、何度か踏み入ったことのある高尾《たかお》の山だ。間違っても迷うことなどあり得ぬはずだった。

（もっと早い時刻に来ればよかったのだろうが、それでは意味がない――）

三郎兵衛は内心臍《ほぞ》を嚙む。

数ヶ月前、三郎兵衛の命《めい》で下館《しもだて》藩主を国許《くにもと》まで送り届けた密偵の銀二《ぎんじ》が、江戸に戻る筈のその帰途で消息を絶った。

以前の三郎兵衛であれば、罪人あがりの密偵がいなくなったくらいで、さほど狼狽《うろた》えはしなかったろう。

銀二は本来なら、遠島か斬首になっていた罪人だ。

己を裁いた側の者にこき使われるのがいやで行方をくらましたくもなるだろうし、何処かで昔の悪仲間と出会《でくわ》すこともある。万一昔の仲間と顔を合わせれば、密偵という己の正体を知られぬために相応の詐術を弄《ろう》さねばならない。

仮に悪事に誘われたとしても、無下《むげ》には断れまい。従わねば即ち疑われ、正体が露見せぬとも限らない。

また、密偵と知れれば、かつての仲間たちから命を狙われることにもなろう。

そんな事情を承知していながら、銀二を江戸から出したのは明らかに三郎兵衛の失策である。

だが三郎兵衛には、もう一つ別の思惑があった。

孫の勘九郎《かんくろう》と、しばらくのあいだ引き離したかったのだ。そうでもしないと、勘九郎はまたぞろ銀二と連《つる》んで市中をうろつき、探索の真似事をする。

元々好奇心の旺盛なほうだったから、一度覚えた危険と隣り合わせの刺激を愉しんでおり、やめろと言ったところで容易にやめるものではない。ならば、当分のあいだ探索の相棒である銀二を遠ざけるしかない、と三郎兵衛は考えた。

些《いささ》か短絡的な考えだったかもしれない。

銀二失踪の報を受け取ったとき、三郎兵衛は、

「大方、なにか思うところがあり、旅にでも出たのであろう」

勘九郎が必要以上に銀二の身を案じぬよう、先回りしてさらりと言ったが、もとより、それで納得する勘九郎ではない。

「そもそも祖父《じい》さんは、なんだって銀二兄《にい》を下館へ行かせたりしたんだよ。桐野《きりの》がついていれば充分だったんじゃねえのかよ」

という当然の指摘には答えず、

「銀二は手練《てだ》れの密偵で、《闇鶴《やみづる》》の異名を持つ元盗賊だ。おいそれと危難に遭うとは思えぬ」

白々しい言葉でお茶を濁そうとしたが、

「なに言ってんだよ。その元大泥棒が、無断でいなくなっちまったから、大問題なんだろうがッ」

勘九郎は存外執拗だった。

「姿を消したのは、銀二が自らの意志でしたことだ。なにかわけがあるのだ」

「どんなわけだよ？」

「知らぬ」

三郎兵衛はそれきり、銀二については頑《がん》として口を閉ざした。

勘九郎の不満はひしひしと感じられたが、委細かまわず黙殺した。

桐野の部下のお庭番から、別件で高尾山中を探索中に銀二を見かけた、との知らせが届いたのはそんな矢先のことである。

「早速確かめてまいりましょう」

と言う桐野を、

「いや、それには及ばぬ」

三郎兵衛は止めた。

「儂《わし》が行く」

とは言わず、ただ止めただけだったが、翌日には誰にも告げずに屋敷を出ていた。

（銀二が、己の意志で消息を絶ち、高尾山中なんぞをうろちょろしているとすれば、その真意を確かめねばならぬ）

朝、屋敷を出る際には、ほんのすぐそこ——せいぜい、飛鳥山《あすかやま》あたりへ散歩に行くくらいのつもりであった。それ故、いつもの微行《びこう》の折の、飛白《かすり》の着流しに袖なし羽織りという軽装である。

甲州路《こうしゅうじ》なら歩き慣れているため、府中《ふちゅう》まではほぼ休みもとらずに歩き続けた。その時点で、疲労感は微塵も感じなかったが、これから山歩きすることを考えると、休んでおくべきだと思い、宿をとった。

翌日、巳《み》の刻《こく》過ぎまで寝ていたところをみると、自覚のない疲労が相当たまっていたのだろう。三郎兵衛は些か慌てて宿を発ち、高尾山を目指した。

麓《ふもと》に着いたときは、既に申《さる》の刻を過ぎていた。

(この季節であれば、一刻と経たずに日が暮れるが……まあ、その前に銀二を見つければよい話だ)

タカをくくっていたことは否めない。

もし銀二が高尾山の何処かにいるのであれば、半刻とかからず見つけ出せる自信があった。見つけさえすればなんとかなると思っていたのだ。

しかし、容易に見つけることはできず、当然のように日が暮れた。

日が暮れるとまもなく、風が吹きはじめた。

山中の風は身を切るように冷たい。

獣の低い呻りにも似た風の音が、肌寒さに一層拍車をかけるかのようだった。

一陣の疾風の中、枯れ葉は夥《おびただ》しく舞い、ときに激しく舞い上がる。なにかに操られているかにも見えるそのさまを、三郎兵衛はぼんやり佇《たたず》んだまま眺めていた。

時折、カチカチと石でも打ち合うような音がするのは、おそらく鵲《かささぎ》の鳴き声だろう。

(儂がこのまま野垂《のた》れ死ねば、獣や鳥共がその骸《むくろ》を啄《ついば》むのであろうな)

思うともなく思ったとき、三郎兵衛は無意識にその場にへたり込んでいた。

(もうダメだ……)

寒さとひもじさが頂点に達し、絶望的な気分に陥《おちい》った次の瞬間、だが三郎兵衛はつと我に返る。

すぐ側《そば》で、人の気配が蠢《うごめ》くのを感じたのだ。それは、山中に無数に潜む獣の気配とは明らかに違っていた。

(すわ、山賊か！)

瞬時に身構え、油断なく視線を巡らせる。利き手はもとより刀の柄《つか》へ——。

(旅人の命と懐《ふところ》を狙う山賊などは屑《くず》の中の屑だ。せめて最期に、この世の屑を一人残らず成敗してくれる)

咄嗟《とっさ》にそんな決意すら固めた三郎兵衛の耳朶《じだ》へ、だが不意に、

「御前《ごぜん》」

耳馴れた声音《こわね》が低く囁かれる。

シャッ、
抜き打ちに放たれた三郎兵衛の切っ尖は虚しく空を切った。

（え？）

一瞬間、三郎兵衛の思考が停止し、しかる後、

「桐野《きりの》？」

漸《ようや》く合点がいった。

この状況で、気がつけば側《そば》にいるような者は、一人しかいない。

「…………」

気がつくと、さすがにきまりが悪すぎてすぐには言葉が出てこなかった。とりあえず、そそくさと刀を納める。

「いつから……」

ついて来ていたのだ、と言いかけて、だがやめた。訊いたところでどうにもならない。答えはどうせわかっている。

「お屋敷を出るときからでございます」

と真顔で桐野に答えられたなら、三郎兵衛はすっかり面目を失う。それ故桐野はなにも言わなかった。

「…………」

山鳥の肉の旨味が空《す》きっ腹に沁みた。

三郎兵衛の空腹を知っていたのか、桐野が何処からか獲ってきて、自ら焚《た》いた火でじっくりと焙《あぶ》り焼いてくれた。軽く塩でもふってあればもっと美味だったろうが、贅《ぜい》沢《たく》は言っていられない。

(これは……美味《うま》いな)

三郎兵衛は夢中で貪《むさぼ》り食べた。

お庭番というのは、務めの内容によっては、何日も——或いは何ヶ月も、無人の野や山中で過ごさねばならぬことがある。持参した食糧が尽きたときには自ら獲物を獲ることもあるのだろう。獲物を獲り、調理する術《すべ》にも長《た》けている。

(しかし、これほど至れり尽くせりでは、最早《もはや》なにも言えぬではないか)

無言で肉を頬張りながら、三郎兵衛の気まずさは極に達している。

桐野はおそらく、三郎兵衛がこっそり屋敷を出たときからすべてを察してあとを尾行《つ》けてきた。三郎兵衛の身に危険が及ぶと判断したからだ。そう思わせてしまっただけでも口惜しいが、結局桐野の予期したとおりになってしまった。三郎兵衛には、桐野に対して会わせる顔もなければ、述べるべき言葉とてなかった。

だが、その気まずさが、所詮《しよせん》己の我が儘でしかないことも、三郎兵衛は重々承知している。

それ故、

「お出かけになられるのでしたら、せめて、高尾のどのあたりで銀二殿をお見かけしたのか、詳しく問うていただきとうございました」

淡々と述べる桐野の言葉にも応える術はなかった。

「この季節、お一人で山中に踏み入るなど、無謀すぎまするぞ」

「…………」

「何故私にお言いつけにならず、御自《おんみずか》ら来られたのですか？」

情け容赦もなく、桐野は問う。

その口調に、三郎兵衛を責める気色《けしき》は感じられないが、無感情に傷口を抉《えぐ》られるよりは、寧《むし》ろ厳しく糾弾して欲しいとさえ三郎兵衛は思った。

「若のことを……お案じなされてのことでございますか？」

しばしの間をおき、今度はやや遠慮がちに桐野は問うた。

「…………」

「後悔しておられるのですか?」

「ああ、後悔しておる」

口中の肉を咀嚼《そしゃく》し終えた三郎兵衛が、漸く重い口を開く。

「役にも就かず、暇を持て余しているくらいなら、儂の手伝いをさせようと思うたのがそもそも間違いだった。まさか、あれほどやる気になるとは思わなんだ。……危険な役目を負わせるくらいなら、遊ばせておけばよかった」

「…………」

そのとき桐野は無言で少しく表情を弛《ゆる》めた。三郎兵衛の目には、奇《く》しくもそれが笑顔に映る。

(なんだ?)

三郎兵衛は無意識に緊張した。見馴れぬものを目にしたときの当然の反応だった。

「仮に御前が、若を引き込んでおられなかったとしても、何れ《いず》若は自ら進んで火中の栗を拾われたと思いまする」

桐野の言葉つきはどこか楽しげで、三郎兵衛には面白くない。

「何故そう言い切れる」

「御前も以前仰有《おつしや》いました」

「ん？」

「望まずとも危うきに近づいてしまうのは、若の宿痾《しゅくあ》のようなものである、と」

「それは……」

「宿痾が完治することはございませぬ」

「…………」

三郎兵衛は容易く絶句した。

「それに、御前がお案じになられるほど、若はお弱くありません。ご心配には及ばぬかと存じます」

「…………」

三郎兵衛は絶句し、同時に憮然とした。

そういう、子供をあやすが如き宥《なだ》められ方は、三郎兵衛が最も不快に感じるものだが、このときは全く怒る気になれなかった。なんといっても、いまは桐野に対して頭が上がらない。

（それにしても……）

果たして、いまは何時《なんどき》くらいになるのだろう。

深く生い茂る樹木の彼方此方《あちこち》から、低く梟《ふくろう》の鳴く声が聞こえはじめている。夜も更《ふ》けてきた証拠であった。すると、

「更けてまいりましたな」

桐野が至極当たり前のことを言う。

その静かな口調で事実を述べられると、忽《たちま》ち二刻三刻とときが過ぎたかのように錯覚する。

「これより後、山中は冷える一方でございましょうし、そろそろ行きまするか？」

「え？」

「ご休息は、もう充分でございまするか？」

「え、休息？」

三郎兵衛はやや驚いて桐野の顔を見返した。

唐突に現れた桐野が、その場ですぐに火を熾《おこ》して三郎兵衛をあたらせ、捕らえた山鳥をさばいて炙《あぶ》って食べさせたのは、ただ暖をとらせて空腹を満たさせるためだけでなく、充分な休息を与えるためだったのだということを、三郎兵衛は漸く覚った。

たんに三郎兵衛を救出するためであれば、いつまでも山中で時を過ごすよりも、さ

っさと下山すべきであった。

(労《いたわ》られたか)

三郎兵衛にはそれがなにより辛い。なまじ体が壮健であるだけに、これまでは老いというものをほぼ実感したことがなかった。

だが、自覚はなくとも、周囲の者の目には、確実にその衰えが見えている。三郎兵衛にとってはこの上ない屈辱であった。

すると、

「すぐに下山してもよかったのですが、折角の機会ですので、御前をお連れしたい場所もあり、今宵はこちらにお泊まりいただくことになります」

まるで三郎兵衛の複雑な心中をも察したが如くすらすらと桐野が述べる。焚き火の炎に煽《あお》られたその顔は、まさに薪能《たきぎのう》の舞台に立つ小面《こおもて》のようであった。

(こやつには、かなわぬ)

心中深く嘆息した瞬間、桐野は再び口を開く。

「それに、銀二殿なら、既に近くに来ておられます」

「なに？」

「詳しいことは、道々お話し申し上げるつもりでしたが。……参りましょうか」

桐野が淡く微笑《ほほえ》んだように見えたその瞬間、
ごわッ、
と大きく焚き火の炎が爆《は》ぜた。

が、三郎兵衛が目を見張ったのもほんの束の間。火の中の薪を巧みに弄《いじ》り、桐野は瞬時に火を消した。

「足下、お気をつけください」

「あまり、年寄り扱いするな。そちほどでなくとも、これでも多少夜目はきくのだ」

「これは、ご無礼いたしました」

神妙に答えた桐野の声音は少しく含み笑っているようだった。漸く三郎兵衛らしい憎まれ口がきけるようになったことを、桐野は内心喜んだ。やはり、矍鑠《かくしやく》たる三郎兵衛でなければ仕《つか》え甲斐《がい》がない。

（なんだ、こやつ――）

内心憮然としながら、三郎兵衛は月明かりの少ない暗い山中を桐野に従って進んだ。

ほぉーう、
ほぉーうッ、

と梟の声がいよいよ甚《はなは》だしく周囲を響き渡る。

「やかましいのう。一晩じゅう騒ぐつもりかのう」

「あの鳴き声は、銀二殿のお仲間が、仲間とつなぎをとるためのものらしゅうございます。……まあ、我らも似たようなことをいたしますが」

「なんと！　あの声は人が出しているものなのか！」

三郎兵衛は驚嘆し、次いで感嘆した。

「ううむ、まことの梟にしか聞こえぬぞ。なんとも上手《うま》いものじゃのう」

道は——といっても、腰の高さほどの茂みの中を進むのであるが、上りではなく下りであった。

（一体何処まで下るのだ？）

思うまもなく、桐野が無言で足を止める。

「…………」

「おい、どうした？」

「お静かに。……どうやら来ているようです」

「来ている？　誰が？　銀二か？」

目顔で三郎兵衛を制する桐野を無視し、三郎兵衛は問うた。

「銀二殿も来ておいでですが、概《おおむ》ね迷惑な客です。大勢来ているようです」

仕方なく、桐野は答える。

「迷惑な客？」

「あれをご覧ください」

と桐野が手を差し伸べた先──二十歩ほども先であろうか。うっすらと家の影が見えた。

山中の杣《そま》小屋にしてはいやに立派な造りの家だ。大きさも、百石ほどの御家人の屋敷くらいはある。

「なんだあの家は？」

「武田《たけだ》屋敷でございます」

「武田屋敷？」

三郎兵衛が問い返すのと、武田屋敷の周囲の茂みから、多数の者が躍り出て来るのとがほぼ同じ瞬間のことだった。

だだだだだーッ、
どだだだだ……

二十人以上、或いは三十人はいるだろうか。

なかなかの人数であるため、地面を蹴って走る足音が、まるで地鳴りのようであった。

「なんだ、あれは？」

「巻き込まれぬよう、しばしこちらで見物しておりましょう」

桐野は三郎兵衛の体を背後に庇いつつじりじりと後退する。

茂みから姿を現した者たちは皆、真っ直ぐ進んで行くので、背後など振り向く者はいない。

「おい、桐野、見物とはどういうことだ？」

「すぐにすみますので、ご心配なく——」

「お前が加勢すればもっと楽にすむのではないのか？」

「いえ、それには及ばぬでしょう」

緩く首を振った桐野の言葉の意味はすぐにわかった。

第一章　藪の中

一

その事件が起こったのは、いまより五年前、享保《きょうほう》十九年のことである。

幕府直轄領である甲府城の御金蔵に盗賊が押し入り、千四百両もの大金が奪われた。当時、松波三郎兵衛は勘定《かんじょう》奉行の職にあったため、この不可解な事件に少なからず関わることとなった。

ご府内で起こった不祥事であるから、目付《めつけ》も郡代《ぐんだい》も総出で探索にあたったが、結局下手人《げしゅにん》をあげることはできず、奪われた金の行方も杳《よう》として知れなかった。

二年後の元文《げんぶん》元年、三郎兵衛は南町奉行に任じられて前職を去ることになったが、公儀の威信を著しく失墜させたこの事件は、長らく彼の頭から離れることはなかった。

そのため、南町奉行の職に就き、盗賊あがりの密偵の存在を知ったとき、思わず、

「甲府城の御金蔵を破ったのはお前か？」

と詰め寄ってしまった。

盗賊あがりの密偵は、その強面《こわもて》からあらゆる感情を消した顔つきで三郎兵衛の暴言を平然と聞き流していた。

「お前は、《闇鶴》の異名をもつ、手練れの盗賊だったそうだな」

「恐れながら、《闇鶴》の銀二は死にました」

顔をあげ、真っ直ぐ三郎兵衛を見返して銀二は答えた。

前任者とは大違いの、世間知らずで無知な殿様だと思った。無知で無礼な世間知らずに対して、礼儀など尽くす必要はない。

銀二は顔を顰《しか》め、内心の不快さを隠そうともしなかった。

「なんだと？」

「はばかりながらこの命は、大岡《おおおか》様の御手にかかって、とうの昔に果てたものと思うております。……いまここにおりますのは、大岡様のお情けによって生かしていただいた憐れな屍《しかばね》でござんす」

「屍ならば、さっさと墓に入るがよかろう」

あからさまな挑発に、三郎兵衛も忽ち《たちま》目を見据えて言い放った。

目下の者から挑戦的な口をきかれて見過ごしにできる三郎兵衛ではない。返答によっては、手討ちも辞さぬぞ、という怒気を言葉にこめた。

「たとえ屍となっても、今後も大岡様のお役に立つ所存でござんす。それがお気に召さぬとあれば、いつでも墓場送りにしてくだせえ」

「こやつ——」

一瞬たりとも視線をはずそうとしない銀二の目を見据えつつ、だがそのとき、三郎兵衛の口辺には無意識の笑みが滲んでいた。

はじめから己の命を捨てている者に対しては、如何なる脅しも通用しない。瞬《まば》き一つせぬ銀二のその眼にゾッとするほどの凄味を感じて不快になったが、同時に呆れるほど舌を巻いてもいた。

(不敵な奴め)

新任の奉行を目の前にして、少しも怖じぬどころか、逆に奉行を威嚇してくる男——。

そのふてぶてしさに、三郎兵衛は興味を持った。

一方、銀二は銀二で、初対面の三郎兵衛に対しては殆《ほとん》ど敵意しか持ち合わせていなかった。

名奉行の誉れ高い大岡忠相《ただすけ》によって捕縛され、その人柄に心服し、密偵となった。

お縄になったことで絶望したからではない。

裁きを申し渡す際、白洲《しらす》に引き出された銀二の目の奥をしっかり見据えつつ、

「そちの罪は死罪には及ばぬが、遠島は免れぬ。それも、赦免の見込みのない流罪だ。恩赦がなければ、死ぬまで島暮らしかもしれぬ」

淡々とした口調で大岡は告げた。

「それだけの罪を犯したんでございます。当然の報いでございます」

「まこと、そう思うか？」

「はい」

「よい覚悟だ」

と一旦深く頷《うなず》いてから、

「その覚悟があるのであれば、生きてみるか？」

大岡は、問うた。

「はい？」

「これまでの罪を悔い、納得して報いをうける覚悟があるのであれば、死んだ気でお

上《かみ》の御用を務めてみぬか、銀二？」

「お上の御用とは？……密偵《いぬ》になれ、との仰《おお》せでございますか？」

「いやか？」

と重ねて問われ、少しく首を傾げてから、

「いえ」

さほど考えるまでもなく、銀二は答えていた。

「やらせていただきます」

「よいのか？……昔の仲間に知れれば、命を狙われることになるかもしれぬのだぞ」

「島暮らしで天寿を全うするのと、これまでどおりに江戸で暮らせるのと、どっちがいいかは、子供でもわかる道理です」

答えながら銀二は、わざと下卑《げび》た笑いを口辺に浮かべてみせた。大岡に心の重荷を負わせぬ配慮に相違なかった。

大岡の度量と懐《ふところ》の深さに男惚れしたのだ。

このひとのためなら、いつでも命を捨てられる、と思った。

そのときの気持ちは、ときを経てもいまなお変わっていない。

「これからも、町方のために働いてくれ。……もとより、己のできる限りでよいから」

寺社奉行に出世すると決まった際、大岡はそう声をかけてくれた。

暗に、いつやめてもよいぞ、とにおわせ、銀二の労をねぎらってくれたことはわかっていた。奉行所の密偵となって数年、銀二はそれだけの働きをした。それ故大岡は、己が町方を去るのを機に、銀二を自由にしてもよい、と考えたのかもしれない。

が、それを承知で、銀二はなお密偵の仕事を続けようと思った。

ひとえに、大岡への恩故にほかならない。

新しい奉行に対しては、毛筋ほどの思い入れもない。気にくわない相手なら、さっさと見限り、己の思うままに生きてよいという許しは既《すで》に得ている。

(勘定奉行あがりのクソ爺《じじい》め。ふざけんな)

くらいの気持ちでいたから、挨拶代わりの暴言には、心底腹が立った。

が、同時に、

「甲府城の御金蔵を破ったのはお前か」

と鋭く問われた瞬間、それを密かに喜んでいる自分がいたことに、銀二は自分でも戸惑っていた。

出会い頭《がしら》にいきなりそんな暴言を吐く新任奉行のことを、心ならずも、面白そうな爺だと思ってしまった。

（それになんだ、この異常な若見えは。……七十過ぎだと聞いてたが、どう見たって、五十そこそこ。薄気味悪い爺だな）

仏頂面《ぶっちょうづら》は、己の本心を否定するための韜晦《とうかい》である。

そんな出会いではあったが、結局銀二は三郎兵衛の下でも密偵を続けた。

一つには、三郎兵衛が拘《こだわ》っている甲府城の御金蔵破りが気になっていたこともある。

旗本の三郎兵衛は、幕府の直轄領である甲府の金蔵が容易《たやす》く襲われたことを問題にしているが、銀二もまさにそれが気になっていた。

何故なら、千四百両という金額は、盗賊一味が狙いをつける獲物としては、決して多くはない金額だったからである。

名の知れた大店《おおだな》の金蔵などであれば、優にその三、四倍の小判は常備されているものだ。

それに比べて、武家の金蔵にあるのは借金の証文ばかりで、盗むほどの小判などないというのが、盗賊にとっての常識だ。

危険な二本差しが待ち受ける城の金蔵へ押し入るなど、よくよくの阿呆だと、御金蔵破りの噂を聞いた当初、銀二は思った。

わざわざ危険を冒して実入りの少ない武家の金蔵など襲わずとも、もっと楽に押し入れて、もっと大金をせしめられるところがいくらでもあるではないか。

のちに銀二は、三郎兵衛の供《とも》をして何度か甲府城を訪れることになったが、現場を目の当たりにしても、殆ど実感は湧かなかった。もし昔の仲間から、「お城の金蔵を襲うから、仲間にならないか」と誘われても、おそらく、けんもほろろに断るだろう。

その後の調べで、事件の発生を遡《さかのぼ》ること七年前の享保十二年に、甲府城は火事により その大半が焼失していたことを知った。

それを知ったとき、銀二はすぐにピンときた。

火事の後、城の普請をおこなった大工の中に盗賊の一味がいて、なにか仕掛けを施したに違いない。

銀二は、決まった一味には属さず、概《おおむ》ね一人稼ぎを生業《なりわい》としていたが、ごくたまに、名の知れた親分に雇われ、大掛かりな押し込みに加担することもあった。決して人殺しをしない、昔気質な親分の率いる一味に限ってだ。

そういう一味は、一度狙いを定めると、じっくりとときをかけて準備をし、お店の使用人も家族も、誰一人傷つけることなく、実に見事な盗みを働く。

甲府城の御金蔵も、そうした一味によって破られたのだ、と銀二は確信した。

銀二が独自に調べたところ、甲府城の金蔵には、実は五千両の金が蔵されていた、という説もあった。

五千両のためであれば、何年もかけて念入りに仕掛けをしたとしても不思議はない。

(だが、だとしても、なんでよりによって、甲府城の金蔵じゃなきゃいけなかったんだ)

という疑問は、常に銀二の中にあった。

三郎兵衛が一味の捕縛に執着するのは武士の面目のためにほかならないが、銀二は違う。事件に対する純粋な興味からであった。

七年もかけて仕掛けをするような一味である。五年も経ったいま、おいそれと捕まるわけがないし、仮に捕らえたとしても、千四百両の金子《きんす》がそっくり戻るとも思えない。

暇をみては、なにか情報がないかと彼方此方《あちこち》飛びまわっていた銀二であったが、大目付に昇進した三郎兵衛から、孫の勘九郎を紹介されて以来、その暇もなくなった。

(御前《ごぜん》も厄介なものを押しつけてくれたもんだ)

当初は辟易《へきえき》したものの、

「銀二兄《にい》、次は何処《どこ》を探索する?」

子犬のような目をした勘九郎から明るく問われると、悪い気はしなかった。

なにより、口が悪くて世故《せこ》にもそこそこ長《た》けているくせに、童子の如く人懐《ひとなつ》こい勘九郎のことを、息子のように可愛く思うようになってしまった。

すっかり意気投合した二人が、命じられもせぬのに盛り場や賭場《とば》や吉原《よしわら》など、人が集まる場所へ出入りして、なにか情報を得ようとする行動を、三郎兵衛が内心快く思っていないことは、銀二には容易く察せられた。

(勝手なお人だな)

察すると忽ち、銀二は不快になった。

勘九郎を押しつけてきたのは、三郎兵衛のほうではないか。

が、不快に思いつつも、三郎兵衛の気持ちも、わからぬではなかった。

祖父とはいっても、早世した勘九郎の父母に代わって幼子の勘九郎を育ててきたのだ。その立場は父親と変わらない。銀二を信じて我が子を託してはみたものの、所詮は罪人あがりの密偵にすぎない。大切な孫が、万が一にも危うい目にあっては、と案じられるのだろう。それは即ち、祖父の感情だ。

一人の人間の中に、父親の感情と祖父の感情が同居している。

独り身の銀二自身には、そのどちらの感情も縁のないものではあったが、もしあればさぞかし厄介なものだろうと想像することはできた。

そんな事情もあり、甲府城御金蔵破りの一件からはしばし遠ざかっていた矢先、下館藩主の供をして常陸《ひたち》まで下向した。

銀二は、五十を過ぎたいまでも、関八州《かんはっしゅう》のうちであれば日帰りできる健脚の持主だ。当然その日も、日のあるうちに江戸に戻るつもりで一途《いちず》に千住《せんじゅ》を目指していた。

旅籠の客引きの声には一切耳を貸さず、ひたすら足を速めるつもりの銀二の耳に、だがそのとき、

「おや、こいつは珍しい」

ふと、聞き覚えのある声が飛び込んできた。

(まずいな)

咄嗟《とっさ》に聞き流して行き過ぎようとしたが、

「銀二の兄貴じゃないですかい？」

名を呼ばれてしまい、銀二は仕方なく足を止めた。無闇と逃げて、妙な疑いを抱かせたくはない。

「わあ、驚いた！」

わざと素《す》っ頓狂《とんきょう》な声をあげつつ、銀二は無防備に振り返った。

立っていたのは、四十がらみの小柄な男で、満面に人の好さそうな笑みを浮かべている。

(蜈蚣《むかで》の助松《すけまつ》……)

相手に合わせて愛想笑いをしながらも、銀二は内心臍《ほぞ》を嚙んだ。

こういうことがあるから、宿場に入ったら用心しなければいけなかった。

千住のように大きな宿場には、御府内に足を踏み入れることを禁じられた江戸払いの者たちをはじめ、多くのお尋ね者、凶状持ちが江戸を恋しがり、少しでも江戸に近づこうとして集まってくるのだ。それ故顔見知りと出会ってしまう可能性は限りなく高かった。

(しかも、よりによってこいつとは)

いやな男に会った、と銀二は思った。

昔の仲間に声をかけられてコソコソ逃げ出せば、なにか隠し事があるのかと疑われ、何《いず》れ密偵であることが露見するかもしれない。そう思って、挨拶《あいさつ》くらいしておこうかと足を止めたが、相手が相手だ。挨拶だけではすみそうにない。

(やっぱり、聞こえねえふりして逃げとけばよかった)

後悔したとて、あとの祭りであった。

二

「相変わらず、達者そうだね、兄貴」

小狡《こずる》そうな笑みを口辺に滲ませながら、助松は窺《うかが》うような目で銀二を見る。

「はぶりもなかなかよさそうだ」

笑顔でいる限りは、太物問屋の中堅手代といった風情で、女盛りの年増相手に際《きわ》どい冗談でも言っていそうな男に見えるが、その本性は陰険で酷薄、金の匂いを抜け目なく嗅ぎつける。できればあまり関わりたくない相手だ。

同じ盗賊仲間を通じて紹介されただけで、一緒に仕事をしたことはない。ひと目見て、毛ほども信頼できぬ相手だと判断したからにほかならない。

「そうでもねえよ」

注がれた酒を勢いよく飲み干してから、銀二は応える。

「見てのとおり、もう歳だし、近頃はろくな稼ぎもありゃしねえ」

「そうなのかい？」

「ああ」

ぞんざいに頷きながら、銀二はもとより気づいている。助松の目が泳ぎ、どこかそわそわしていることに——。

気づいていて、助松がいつそれを切り出すか、内心待ち構えていた。

「随分前に、お縄になったって聞いてたけど？」

「ああ、なったよ」

事も無げに銀二は応え、徳利のくびを摑むと、助松の猪口《ちょこ》に注いでやる。ここで否定したり、変に言い淀んだりすれば何《いず》れ墓穴を掘ることになる。

「すまねぇ」

助松は目顔で礼を言ってから、注がれた酒に、ほんの少し口をつけた。あまり強いほうではない筈だ。それ故銀二は、飲ませて、早めに酔わせてしまおうという魂胆である。

「いいから、グッといきなよ」

「勘弁してくれよ。あんまりいける口じゃねえんだよ」

と困惑しながらも、助松は注がれた酒をどうにかあけ、

「お縄になって、まさかお咎めなし、ってこたあねえだろう？」

再び銀二に問うてくる。

何故ならそれこそが、気乗りせぬ銀二を強引に酒に誘ってでも聞き出したかったことなのだ。勿論《もちろん》銀二も、それは重々承知している。

「もちろん、島送りになったぜ」

「島って、八丈《はちじょう》かい？」

「いや、佐渡《さど》だ」

「え？　佐渡？……よくけえってこれたな」

「誰が、おとなしく送られるもんかよ」

「え？」

「途中で、ずらかってやったのよ。……小伝馬町《こでんまちょう》へ送られてからお裁きをうけるまで、ずっと神妙にふるまってたから、奴らすっかり油断してやがった」

「そ、そうかい。そりゃあ、大変だったな」

銀二の話に少なからず驚きつつも、助松は一応納得したようだ。

島送りの途中で逃げたことにするというのは、南町の密偵になると決めたとき、大岡と相談して決めた。

「牢破りとか島抜けということにしておいたほうが、後々仲間うちで自慢できるのではないのか？」

大岡が珍しく冗談めかして言い、銀二は苦笑した。

牢破りや島抜けでは多くの者の前から姿を消すことになるので人の記憶にも残ることになる。話をでっちあげるにしても、目撃者はなるべく少ないほうがいい。島へ送られる道中で獄卒を振り払って逃げるほうが、牢破りや島抜けよりもずっと容易だし、実際よくある話でもあった。

罪人に逃げられた獄卒は不名誉な失態を自ら人には語りたがらないから、話が拡がることもない。

「そうだったのかい」

もう一度同じ言葉を呟くと、助松は大きく頷いた。銀二の話を疑っている様子はなかった。

銀二がお縄になったのはもう十年近く前の話だ。その当時盗賊仲間のあいだに流れた噂の真偽を、確かめたかったのだろう。助松は陰険だが、さほどの知恵はない。

それきり黙り込み、なにか思案する様子の助松に向かって、

「それはそうと、そっちこそ、なにかうめえ稼ぎ口はねえのかよ？」

銀二は自ら問うてみた。

「…………」

問われると、助松は忽ち顔つきを改め、周囲を窺いはじめる。

明らかに、人目を憚《はばか》ってのことだ。

宿場町の居酒屋は旅人たちで賑わい、その話し声は、ときに銀二と助松の会話を遮《さえぎ》るほどである。

誰も、彼らの話に耳を傾けている者など、いない。

それを執拗に確かめてから、助松は漸《ようや》くその口を開いた。

「それが、ねえこともねえんだ」

「ん？」

助松の意味深な口調に、銀二は少しく不安を覚えた。

自らの身の上を語ってしまった以上、どんな話を持ちかけられたとしても、断ることは難しい。

「わかってるだろうが、俺は、殺しと火つけだけはやらねえよ」

銀二は一応断りを入れた。

「わかってるよ。捕まりゃ獄門間違いなしの兄貴を、物騒なシノギに誘いやしねえよ」

一段と声を落として助松は言う。

「五年前の御金蔵破り、覚えてるだろ?」

「甲府城のか?」

己の面上に動揺が過《よぎ》るのを見せないよう、銀二は即座に問い返す。

「あのときお城の御金蔵から盗まれた金が、殆《ほとん》ど手つかずである場所に眠ってるらしいんだ」

「なに?」

わざとらしくならない程度に、銀二は驚いてみせる。

「千四百両が、手つかずでか?」

「それに、巷《ちまた》じゃ千四百両だって言われてるらしいが、ありゃ大嘘だ」

「なに?」

「あの日甲府城の御金蔵には、五千両以上の金があったんだ」

「なんだと!」

つい声を高めてしまう銀二を助松は目顔で制しつつ、

「どうだい兄貴、そいつをいただきに行かねえか?」

ひっそりとした口調で問いかけた。

「俺とお前の二人でか?」

「いまんとこ二人だが、なんならもう少し増やしてもいい」

　助松が大真面目な顔で頷くのを内心面白がりながらも、銀二は渋い表情を崩さない。

「いただくったって、無人の山ん中にでもほかされてるわけじゃねえんだろ。誰かの屋敷とか、大勢が見張ってる金蔵にでも隠されてるんだろうがよ？」

「それはそうだけど、兄貴の腕があれば楽に破れる程度の金蔵だよ。それに、たいした見張りもいねえはずだ」

「何故そう言い切れる？」

「盗んだ金を隠し持ってるんだぜ。見張りを大勢雇えば噂がひろまっちまうだろ」

「それはそうだが……」

「だから、こっそり隠し持ってるしかねえだろうが」

「そもそも、何処の誰が、隠し持ってるってんだよ？」

「そ、それは……」

　問い詰められると、だが助松は、忽ち気弱な顔つきになって口ごもる。

「言えねえのか？」

「…………」

「言えねえってことは、どうせ眉唾《まゆつば》の与太話《よたばなし》なんだろうぜ」

「そ、それは違うぜ、兄貴」

助松はつと真顔に戻り、慌てて言い募った。

「確かな話さ。眉唾なんかじゃねえよ」

その口調は存外強い。

助松の強気の根拠は一体なんだろう、と思案しつつ、

「だから、何故言い切れるんだ？」

銀二は厳しく問い返す。

「何故って……」

「何処の誰が隠し持ってるのかも言えねえ奴の、一体なにを信じろってんだ？」

「…………」

「信じてほしけりゃ、そいつの名前を言ってみろ」

「いいのかい？」

ふと、助松が銀二の目を見返して問う。いつもの彼の小狡そうな表情だ。そういう顔をするときの助松はろくなことを考えていない。

「え？」

「兄貴が手を貸してくれるなら、言ってもいい」

「……………」

「手を貸すと約束してくれるなら、話すよ」

「助松、てめえ、俺を脅すのか？」

「ち、違うよ」

助松は夢中で首を振った。

銀二の表情が無意識に険しくなったのだろう。途端に気弱げな愛想笑いを満面に漲《みなぎ》らせた顔で、

「頼んでるんだよ、銀二兄貴」

助松は懸命に言い募った。

「頼むよ、兄貴」

更に泣きそうな声音で懇願することで、助松の、銀二に対する今後の姿勢が定まったといえるだろう。

「手を貸してくれよ。兄貴がいてくれりゃあ、なんとかなるんだ。……五千両が眉唾だとしても、千四百両は確実に手に入る。……なんなら、百両だっていいじゃねえか。百両ありゃあ、当分遊んで暮らせるぜ」

「お前、そんないい加減な話を……」

「いいじゃねえか、いい加減な話だって！」

助松はつと声を高めた。

「おいらだって、ここらでひと儲けして、いい加減、足洗いてえんだよ」

「おい、助松……」

一旦高めた声をか細くおとし、懸命に掻き口説《くど》く助松を、銀二はさすがに持てあました。

「ここで会ったのもなにかも縁だよ。頼むよ、兄貴。手を貸してくれよ」

「わかった。手を貸すよ」

持てあました挙げ句、銀二は応じた。

どうせ眉唾であろうとタカをくっていたのが半分、あとの半分は純粋な興味からだった。

「本当かい？」

縋《すが》る目つきでじっと見つめ返してくる助松の不憫《ふびん》さに絆《ほだ》されたからなどでは、断じてない。

断じてないのだと、このとき銀二は、厳しく己に言い聞かせていた。

そもそも、薄汚れた貉《むじな》のような悪相の助松に対して、憐れなどもよおそうわけもないのだ。

「で、その金は何処にあるんだ？」

「たぶん、高尾の山ん中――」

殊更《ことさら》声をおとして助松は言い、それきり無言で席を立った。場所を変えようとの意図に相違なかった。

仕方なく、銀二もそれに倣《なら》うしかない。


「武田屋敷だと？」

「ああ、高尾山中にあるって、聞いたことあるだろ？」

と助松は意味深な口ぶりで問い返してくるが、銀二の反応は曖昧なものだった。

武田屋敷の伝説なら、無論小耳に挟んだことくらいある。民間に根強く伝わる武田家滅亡の際の逸話の一つだ。

武田勝頼《かつより》が織田《おだ》・徳川《とくがわ》の連合軍に敗れ、武田一族が滅亡した後、遺された信玄の姫たちは八王子《はちおうじ》に逃れた。

信玄の娘たちでその消息がはっきりしているのは、のちに上杉景勝《うえすぎかげかつ》の正室となった菊姫《きくひめ》と、婚約者であった織田信忠《のぶただ》の死後、出家して信松尼《しんしょうに》と称したといわれる姫だが、信松尼については諸説あり、のちに家康《いえやす》が武田家の遺族を保護しようとした際、武田家の旧臣は身代わりの娘を家康のもとへゆかせた、ともいわれている。

そんな伝説の中の一つに、このとき身代わりを立て、自らは身を隠した姫が八王子各地を転々とした挙げ句、高尾山中の草廬《そうろ》に隠れ住んだ、というものがあった。

助松の言う武田屋敷とは、信玄の姫が隠れ住んだという草庵のことをさしているのだろうが、銀二はそういう曖昧な民間伝承的なものに興味はない。

仮に、武田の姫が実在して、高尾山中に隠れ住んだとしても、その草庵が武田屋敷と呼ばれるのは姫が生きているあいだのことだ。いまなおその武田屋敷が存在し、何者かが棲みついているとしたら、それはおそらく、狐狸《こり》妖怪の類《たぐい》であろう。

（まあ、武田家と結びつけてえ気持ちはわからなくもねえが）

甲府藩は元々武田家の遺領なので強ち《あなが》繋がらぬ話ではないのだが、御金蔵破りの下手人が武田家の遺臣がらみとすれば、寧ろ《むし》出来過ぎた話ではないのか。

「武田屋敷は、屋敷とは名ばかりの質素な庵《いおり》だっていうじゃねえか。たいした見張りもいねえだろうから、兄貴と俺の二人でも楽に盗み出せるぜ」

「ちょっと待て、助松——」

銀二は慌てて助松を遮る。

人に聞かれるのを嫌い、宿場はずれの旧《ふる》い祠《ほこら》まで来ている。祠の四囲《しい》の壁はほぼ崩れ、僅かに軒と庇《ひさし》が残るだけだ。つまり、常時風に吹き曝されている。盗み聞きされる心配はなさそうだし、くたびれた中年男二人の密談場所としても相応《ふさわ》しい。寧ろ、相応しすぎるくらいだった。

（どうも妙だな）

そのことに銀二は何故とも知れぬ違和感を覚えた。

「なんだい、兄貴？」

「甲府城の御金蔵から盗まれた千四百両がどうして高尾の武田屋敷にあるのか、肝心な話をまだなんにも聞いちゃいねえぜ」

「ああ、そのことかい」

と、助松は気安げに頷きつつ、

「そのことなら、道中でゆっくり話すよ」

笑顔を見せた。

「道中で？」

「これからすぐに高尾へ発とうぜ。……急がねえと、他の奴らに先を越されちまうかもしれねえ」

「他の奴ら？」

「ああ、他にも狙ってる奴がいるかもしれねえだろ」

「だとしたら、もう他の奴らにとられちまったんじゃねえのか？」

呆れ声で言い返しながら、銀二は漸く、違和感の正体に気づいた。

「ああ、だから、そうならねえように、いますぐ発とうぜ」

と一途に急《せ》かす助松の顔は本気で焦っているようだ。それ故銀二は、

「そうか。じゃあ、いますぐ発つか」

何食わぬ顔で言ってみた。

その途端、助松の面上を一瞬、安堵の色が過《よぎ》るのを見逃さない。

「じゃあ、すぐに発つか」

もう一度同じ言葉を繰り返しながら、銀二はゆっくりと腰を上げかける。

じっと見返した助松の満面が歓喜に染まるのを確認してから不意に身を翻《ひるがえ》して助松の背後へ回り込むと、その後頭部を、
どがッ、
と拳で殴りつけた。

「…………」

助松は声もなく昏倒し、その場に頽《くずお》れる。

(気安く声をかけてきやがったときから、疑うべきだった)

銀二は己の迂闊《うかつ》さを少しく悔いた。

助松は、銀二が密偵であると承知した上で声をかけてきた。

大方、銀二に恨みをいだく何者かに頼まれるか命じられるかして、銀二を誘《おび》き出す役目を担ったのだ。

(御金蔵破りの話なんか持ち出しやがるから、うっかりだまされるとこだったぜ)

心中激しく舌を打ちつつ、銀二は風の速さでその場を離れた。

人気《ひとけ》のない宿場はずれに誘《おび》き出されたので、一瞬この場で襲われるのかと思ったが、四囲からは、大勢の人の気配も殺気も感じられなかった。高尾に行こうと誘ったところを見ると、或いは甲州路あたりに罠を仕掛けて待ち伏せしているのかもしれない。

(何処の何奴か知らねえが、ご苦労なこった)

一旦宿場を出ると銀二は元来た道を引き返し、再び下館方面へと足を向けた。

追跡者を避けるためだったが、実はもう一つの思惑があった。

その日から銀二は、山中の杣道《そまみち》から、人も通らぬけもの道まで歩き詰めて深く分け入り、完全に消息を絶った。

人の住まう里へ――目指す目的の場所へ姿を現したのは、十日後のことである。

三

「なんだ、てめえ、まだ生きてやがったのか」

五平親爺《ごへいおやじ》は、銀二を見るとあからさまに顔を顰め、さも憎々しげに嘯《うそぶ》いた。

眼光鋭く、睨まれただけで気の弱い者なら竦《すく》み上がりそうになる迫力だが、銀二は一向平気な顔で、

「うるせえよ」

すかさず言い返す。

「それはこっちの台詞《せりふ》だぜ、老いぼれ爺め」

五平親爺は、銀二にとって、まさしく稼業の上での父親のような存在である。

年齢はおそらく、三郎兵衛と同じくらいだろう。驚いたことに、三郎兵衛と同じく、全く年齢を感じさせない外貌をしている。

随分前に稼業から足を洗って人里離れた山中に隠遁し、半農半猟の暮らしをしていた。

元々偏屈なタチで誰とも連《つる》まず、主に一人働きで稼いでいたところは銀二と同じである。というより、銀二に稼ぎ方を教えたのが五平だ。仕事の仕方が似るのは当然だった。

銀二がまだ駆け出しのあいだは一緒に仕事をしていたが、やがて一人前以上の働きをするようになると、

「俺ぁ、人と連むのが好きじゃねえ。連んだ相手にどじ踏まれて、巻き添えでお縄になるなんざ、真っ平だからな。これからは、一人てやってけ」

と言い放ち、なんとそれきり足を洗ってしまった。

まだ、いまの銀二くらいの齢だった筈である。

「連むのがいやなら、もう金輪際《こんりんざい》俺とは組まなきゃいいだけのこったろ。なにも、足洗うこたあねえじゃねえか」

銀二は引き止めようとしたが、五平の意志は固かった。

あとで知ったことだが、盗っ人の世界など、狭いものだ。全く同じ技《わざ》を使う盗っ人が二人いて、それぞれ各個に盗みをおこなえば、町方も火盗《かとう》も、同じ一人の盗っ人の仕業《しわざ》だと考える。即ち、互いに、身に覚えのない盗みの罪まで背負わされることになる。

それを避けるために、五平は身を退き、銀二に道を譲ったのだろう。まさしく、堅気の親子でいう、「身代《しんだい》を譲る」ということにほかならなかった。

(実の親子でもねえのに、親父面《おやじづら》しやがって)

それを知った当初、銀二は当然それを負い目に感じたし、素直に五平に感謝できるほど大人でもない。隠遁した五平のもとを訪《おとず》れることもなかった。

だが、お縄になり、町方の密偵になると決めたとき、銀二ははじめて、盗っ人をやめて山中に隠れ住む五平を訪《たず》ねた。

密偵となり、もしその正体を知られれば、すべての同業者から憎まれ、ときには命を狙われることになる。それは、銀二の稼業上の親である五平も同じだ。とっくに足を洗っているのだから関係ないなどという言い訳は通用しない。

それ故、五平にだけは話しておこうと思ったのだ。

「お縄になった」

と銀二が口にするまでもなく、五平はそのことを知っていた。ひとたびお縄になった盗っ人が、解き放たれて自由に出歩いていられるのは、即ち、寝返ったからだということも、わざわざ聞かされずとも承知している。

五平はそのとき何も言わず、久しぶりに訪ねて来た息子を、芋粥《いもがゆ》と山女《やまめ》の塩焼と少しの酒でもてなしてくれた。

「すまねえ、親爺」

別れ際、銀二は一言だけ詫びた。

五平は終始黙ったままだった。

が、このとき銀二は、足を洗って隠遁している筈の五平が、意外に斯界《しかい》の情報に通じていることを知った。

偏屈な人嫌いとはいえ、旧知の一人や二人はいる。一人か二人の旧知は、たんなる知人ではなく無二の友だ。無二の友ならば、頻繁に訪れ、有益な情報をもたらしてくれるだろう。

(だったら、親爺は大丈夫だな)

それから銀二は、一、二年おきには五平を訪れるようになった。

「死に水くらいはとってやるよ」

銀二は殊更《ことさら》憎まれ口をきいたが、

「その前に、てめえがくたばってんじゃねえぞ」

五平は平然と憎まれ口を返した。銀二にとっては、極めて心地よい関係であった。

だが、この日銀二が、己の行く先を懸命に偽装しながら五平のもとを訪れたのは、息子が父親の近況を知るため、というより、明らかな意図があってのことだった。

それ故、すぐには本題に入ることができず、

「明るいうちに、魚でも釣ってくるか」

殊更明るい表情で銀二は言い、小屋の片隅に置かれた釣り竿と魚籠《びく》を手にとろうとした。

「待ちな」

五平は静かに止めた。

「昨夜は夜通し雨が降った。水が増えてて、魚なんぞ釣れやしねえよ」

「魚が釣れなきゃ、なに食うんだよ。親爺の作った芋くれえしかねえんだろ」

「この罰当たりがッ。芋が食えるだけ有り難く思え。てめえみてえなろくでなしの穀《ごく》潰《つぶ》しは、そのうち野垂れ死ぬことになるんだからな」

五平の語気が少しく荒くなる。

「…………」

頭ごなしな五平の語気に、銀二は容易く言葉を失った。

少し前までは、自分が父親を見守っているつもりでいた。酒や肴《さかな》など、気の利いた土産《みやげ》を手にして訪れる度《たび》、たとえ口ではどう悪態をつこうと、内心それを喜んでくれ

ている五平を見るのが嬉しかった。

だが、その日銀二が五平を訪れたのは、そんな思い上がった親孝行の真似事をしたかったからではない。逆に、五平の助けを乞うしかないまでに追いつめられたからだ。

「どうした？」

銀二の表情から何かを察した五平は当然問うた。銀二は応えず、無言で五平を見つめ返す。

五平には、それだけでなにか察するものがあったのだろう。

「どうでもいいが、ひでえ面してやがるな」

「…………」

「追われてんのか？」

「いや、多分……まいた。それに、どうせたいした奴らじゃねえ」

「何故わかる？」

「《蜈蚣》の助松を手先に使いやがった。あんな小者しか仲間にできねえんじゃ、たいしたことはねえ」

「おめえにそう思わせるためかもしれねえぞ」

「そうかもしれねえが……」

銀二は一層浮かない顔になる。

「まあ、いいや。少し休め。そのあいだに、飯、作っといてやるからよ」

「ああ、そうさせてもらうよ」

銀二は素直に従った。

五平が見抜いたとおり、さすがに疲れきっていた。

小屋の片隅にゴロリと身を横たえると、すぐに眠りにおちた。

一刻か。或いは寸刻か。

なにか夢を見たような気もするが、覚えてはいない。

飯の炊きあがる匂いに鼻腔を擽《くすぐ》られて目が覚めた。

だが、目が覚めてもすぐにはそこが何処かわからず、銀二は戸惑った。

夜を日に継いで歩いて来たのであるから、体は疲れていて当然だが、絶えず気を張り詰めていたせいか、頭のほうも鈍っていたらしい。

「起きたか？……ちょうど飯が炊けた」

「あ…ああ、親爺」

「面洗って、飯を食え。……話は飯のあとで聞く」

「ああ」

言われるまま、銀二は起き上がりざま水瓶《みずがめ》の水で口を濯《すす》ぎ、顔を洗った。

五平に指図されるまま、その言に従って行動することを無意識に心地よく感じていた。

四

「五年前、甲府城の御金蔵を破ったのは、《石渡《いしわたり》》の文蔵《ぶんぞう》一味だ」

と五平から告げられたとき、

(さもありなん)

と銀二は納得した。

《石渡》の文蔵は、盗賊の世界でもかなり名を知られた昔気質《かたぎ》の親分である。

一度狙いをつけた獲物を、何年もかけてこつこつと調べあげて入念な仕掛けを施し、機が熟したところで、鮮やかに奪い取る。言うまでもなく、一人の死人《しびと》も怪我人も出さずに、だ。

《石渡》の二つ名は、石橋を叩いて渡る、という慎重さから付けられたものにほかならない。

　銀二自身が一目《いちもく》も二目《にもく》もおき、尊敬してやまない親分の一人であった。

「文蔵親分の仕事なら間違いねえ。お縄になるはずもねえや」

「ところが、日頃から、文蔵のやり方に不満を持ってた手下の何人かが、裏切りやがった」

「なんだって？」

「奪った金をそいつらに持ち逃げされた上、文蔵のヤサを火盗に密告《ちく》りやがった。文蔵とその腹心の手下どもはずらかるのが精一杯だったらしい」

「くそッ、なんて奴らだ」

　銀二は思わず声を荒げた。

「罰当たりめ」

「まったくなぁ。しかし、ろくでもねえ奴らと連んでることにも気がつかなかった文蔵も悪い。ヤキがまわったのよ」

「そんなこと言うなよ」

「だが、事実だ。……或いは、ろくな奴らじゃねえと承知の上で連んでたのかもしれねえし、だとしたら、相当焦ってたんだろうぜ。いくら城や金蔵に仕掛けがしてあるといっても、実際に城から千両箱を運び出すにはそれなりの人数が要るからな」

「なんで、そうまでして、甲府城の御金蔵に拘《こだわ》ったのかな、文蔵親分は」

「さあなぁ。それは文蔵に聞くしかねえだろうよ」

「それに、千四百両ってのも、中途半端で妙な金額じゃねえか？」

「知るかよ」

　吐き捨てるように言ってから、だが五平はふと口調を変え、

「だから盗みは一人働きに限るんだ。大勢で連めば、どうしても大きな稼ぎが必要になっちまう。だが大きな盗みは、それだけ危険も大きくなる」

　しみじみと言った。

「だから親爺は、一人働きしかしなかったのか？」

「まあな。……俺の場合は性分もあるが、一人働きなら、てめえ一人を養える程度の稼ぎで充分じゃねえか。それだけ危険も少なくてすむってもんだ」

「でも俺は、一人働きなのにお縄になったぜ」

「おめえがお縄になったのは、余計な真似をしやがったからだろ」

「え？」

「一人で充分な仕事なのに、妙な情けをおこしやがって、金に困ってる昔馴染みに手伝わせた。分け前をやろうと思ってよう」

「な、なんでそれを？」

銀二はさすがに当惑する。

事情通とは知っていたが、まさか自分のことまですっかり知られているとは夢にも思っていなかった。

「有りがてえ友だちがいるとな、なんでもお見通しなんだよ」

五平は楽しげに笑って言ったが、銀二は少しく不安になった。

有りがたい友が、いつ有りがたくない友に変わるか、もし僅かもその可能性を考えていないとしたら、五平とて、文蔵親分の失策を嗤《わら》えない。

だが、いまはそれを論《あげつら》うときではなかった。

五平からはもう一つ、肝心なことを聞かねばならない。

「それで、裏切り者の手下が持ち逃げした金は、いま何処にあるんだ？」

「それを知ってどうする？」

五平は即座に問い返した。

「まさか、上前を掠めようなんて思っちゃいねえだろうな」

「まさか。俺は奉行所の密偵《いぬ》だぜ。とっくに足も洗ってる」

「密偵になったのは、大岡様へのご恩返しだったんだろ。大岡様が南町を去ったとき、おめえは密偵の役目から解放された筈だ。大岡様とは、そういうお人だ」

「…………」

まさか、そこまでお見通しとは――。

銀二は内心舌を巻きながら、

「確かに、俺はもう奉行所の密偵じゃねえ。……いまは、てめえで見込んだお人のために働いてる」

それでも交々《こもごも》と言い募る。

五平は、そんな銀二を見返しながら、今度は子供に言い聞かせるように言う。

「甲府城の御金蔵破りは、五年も前のことだ。おめえが、何処の何方《どなた》のために働いてるのかは知らねえが、これだけはもう諦めな。御金蔵の金が戻ることはねえ。文蔵を火盗に売った不届き者どもがとっくに山分けして、上方《かみがた》にでもずらかったろうぜ」

「親爺もそう思うか？」

という銀二の問いに即答できなかった五平もまた、不器用な正直者なのだろう。

束の間眉間を顰めて途轍《とてつ》もなく厭《いや》な顔をした後、

「ああ、思ってるよ」

厭な顔のままで、五平は応えた。

問われてから応えるまでにしばしのときが要《い》ったのは、真実そうは思っていない証拠であった。

「いや、金は高尾山中の武田屋敷にある」

「だからそれは、おめえを殺そうとしてる連中が、高尾で罠を仕掛けてるってだけだろうが」

「だとしても、金が、絶対そこにないとは言い切れねえだろ」

「え？」

「金は屹度《きっと》、高尾にあるんだ。いや、いまはどうだかわからねえが、一度は確実に高尾に運ばれたんだ」

「………」

五平は口を閉ざしている。

銀二がなにを言おうとしているのか、わからぬ五平ではあるまい。だが、もうそれ以上は聞きたくないのであろう。口を閉ざしてそっぽを向いた。

「なあ、親爺、おかしいと思うだろ？」

「なにがだ？」

「奴らが……俺に罠を仕掛けてる奴らが、俺が御金蔵破りの金の行方を追ってるなんて、知るわけがねえ。誰でも飛び付きそうな餌として使っただけだ」

「どうだっていいだろ、そんなこたあ」

「よかねえよ」

銀二は目を据え、五平の横顔に視線を注ぐ。

「御金蔵の金のことは、親爺だって知ってた。文蔵親分のことだって、事情通のあいだじゃ有名な話なんだろ」

「ああ、知らねえ奴のほうが少ねえかもな」

不貞腐《ふてくさ》れたように五平は言う。

「だから、おかしいって言ってんだよ、親爺。文蔵親分を裏切った奴らが金を山分けして持ち去ったなら、なんで五年経ったいまも、事情通のあいだで金のことが噂になってんだ」

「知らねえよ」

「いまでも、金の行方が知れねえからだろ」

「…………」

「盗っ人なんて、だいたいそんなもんだ。行方が知れねえからこそ、いつまでも噂するんだ。本当に、もう何処にもねえとわかれば誰も噂なんかしねえ」

銀二の主張に対して、最早《もはや》五平は応えなかった。

「なんにしても、わからねえことが多すぎるんだよ」

口走るうちに、銀二は自ら興奮してきたのだろう。

応えぬ五平のことは気に掛けず、

「わからねえままじゃ、気持ち悪くて仕方ねえ」

再度夢中で口走った。

「おめえ、まさか、高尾に行くつもりじゃあるめえな？」

「行くしかねえだろ、こうなったら――」

「馬鹿か、てめえはッ」

五平の怒声が、狭い小屋じゅうに響いて銀二の耳朶を穿《うが》つ――。

「なんでわざわざ、てめえを殺そうって奴らが待ち構えてるところへ出向いて行かなきゃならねえんだッ」

「行かなきゃ、何処の何奴が俺をつけ狙ってやがるのかも、御金蔵の金が何処にあるのかも、なんにもわからねぇじゃねえかッ」

言い返した銀二の言葉もまた狭い小屋の屋根を穿ち、五平もまた返す言葉を失った。

「文蔵親分は、武田家の遺臣に頼まれて、御金蔵破りをやったんだ」

と助松が明言したわけではない。

五平も、それについては最後まで触れなかった。銀二の身を案じ、敢えて、触れなかったのかもしれない。

すべては、銀二を高尾に誘き出すための方便で、高尾という場所に特別の意味はない。

そう考えるのが妥当だろう。

だが銀二は、五平の言うように、それが完全に終わった話であれば、盗っ人のあいだで噂になることもあるまい、と確信した。

文蔵親分が、狙った獲物のために入念に下調べをし、じっくりと仕掛けを施す人であることは、斯界ではよく知られている。じっくりときをかけて仕掛けをするが、その仕掛けのぶん、確実に獲物を奪える。

もし仮に、武田家の遺臣とやらが実在するとして、確実に目的を遂げようとするなら、文蔵親分のような人に依頼するのが手っ取り早い。

「確かに、絶対にないとは言い切れねえ」

五平もそれは認めてくれた。だが、

「だからって、てめえの命を餌にしてどうすんだよ」

銀二の高尾行きについては、五平は最後まで猛反対した。

五平から頭ごなしに叱責されると、正直弱い。ろくに年端《としは》もゆかぬ頃、五平に拾われ、五平を実の父と信じていた頃のことを、思い出さずにはいられぬからだ。あの頃は、五平が絶対的な存在だった。

だが、結局銀二は五平に逆らった。

「俺は行くよ」

「勝手にしろ」

五平も、最終的には止めなかった。

五平もまた、止めて止まる銀二でないことが分かっているのだ。

山中に入っても、しばらくのあいだは慎重に行動した。

高尾山は、そもそも修験道の霊場であるから、山伏の出入りが絶えない。それ以外で分け入る者があるとすれば物見遊山《ものみゆさん》の者たちくらいだろうが、いまの季節に訪れるなど、余程の物好きだ。

また、物見遊山の見物客であれば、朝早く来て山頂まで登り、日が暮れる前には下山する。夜間に山中をうろついているのは、世間から身を隠さねばならぬ訳ありの悪党だけだ。修験者だって、夜は眠りにつく。

(山の中で人が暮らすとなりゃあ、親爺みてえに小川の側《そば》に小屋を造って住み着く筈だ。水と食べ物の両方が手に入るからな)

銀二はそうあたりをつけると、小川の流れに沿って山中を進んだ。

土地の猟師や樵《きこり》が使っていると思《おぼ》しい杣小屋も少なくないが、訳あって山中に隠れ住まねばならない者たちが昨日今日作ったような急拵《きゅうごしら》えの掘っ建て小屋も多く見られた。

そういう輩《やから》は、長く居着くつもりはなく、ほとぼりが冷めるまで一時身を隠しているだけなので、立派なものを造る必要はないのだ。

(これはまた……掘っ建て小屋とも杣小屋とも違うようだな)

山中にその家を見出したとき、銀二はさすがに目を見張った。

武田家の姫が住み着いたのはいぶせき草廬だと聞いていたが、そんなものではなかった。

山中には不似合いな、なかなかのお屋敷であった。否、実際には建坪百程度の、百石以下の御家人の家といった風情であったが、それでも鬱蒼《うっそう》と山毛欅《ぶな》の生い茂る山中にあっては、相当立派なお屋敷であった。

（これが、武田屋敷かな？）

早速忍び込もうと身構えたとき、

ガサッ、

と背後の茂みの中に人の気配を感じ、銀二は慌てて草むらに深く身を伏せた。

（獣か……）

だが気配は次の瞬間には消え、ただ風だけが吹きすぎる。獣に怯えた己を恥じつつ、銀二はその場で身を翻し、そそくさと武田屋敷から離れていた。

それがなんなのかよくわからないうちは、無闇に近づかぬほうがよい。先ずは遠巻きにして、じっくり見極めるべきだろう。

五

それから数日、銀二はその家を見張った。

出入りする者があるか。あるとすれば、どんな者たちなのか。

一睡《いっすい》もせずに見張った結果、屋敷には、ざっと二十名ほどの者が潜《ひそ》んでいると銀二は睨んだ。

おおっぴらに、人が出入りしている様子はない。

こんな山中で人目を憚《はばか》る必要もないと思うのだが、日が暮れ落ちてからは多少の出入りがある。それも、大名の道具箱ほどの大きな荷物を持ち込んでいる。

（おそらく、食べ物だな？）

と銀二は予想した。

屋敷に住まうのが、せいぜい二、三人程度であれば、食糧も水も、それこそ山中で調達できる。小川で魚を釣り、水を汲み、食べられそうな茸《きのこ》でも見つければ、どうにか空腹を満たせる。

が、十人を超える者たちの糊口をしのごうとするならば、ある程度まとまった量が必要になる。平地であれば大八車で運べるが、足下も覚束《おぼつか》無い山中では、余程足腰の強い者がおらねば、重い荷物は運び込めない。

足腰が強い者——即ち、屈強な肉体の者が、いなければ無理だ。そんな者を雇い入れているというだけで、その屋敷が尋常の家でないことは明らかだった。

（あの中に、二、三十人いるとすれば、そいつらは一体なんのためにいるんだよ？）

考えられることはただ一つ。

銀二の命を狙っているか、千四百両を守っているかのどちらか。或いは、両方だ。

（三十人が待ち構えてるところへ飛び込むのはさすがに無茶だ。……もう少し様子を見るか）

そう考えた矢先のことである。

「あれは？」

「武田屋敷でございます」

シンと静まった闇の何処かで、聞き覚えのある声が囁きかわされるのを聞いた気がしたかと思ったら、

どぉッ、

ドォッ、

どぉーッ、

唐突に、地鳴りのような音が響いてきたことに、銀二は仰天した。

そのとき、茂みの中から飛び出した大人数が、その家を目がけて殺到したのだ。

その数、およそ、二十人あまり。きちんと数えれば、もっといるかもしれない。

（なんだ？）

だが、銀二が訝《いぶか》る暇もなくも、家の中からはその半数ほど――十人程度の人数が姿を現し、対峙する。

寄せ手側が、浪人風体《ふうてい》の者と博徒《ばくと》や与太者風の者がほぼ半々で、得物も匕首《あいくち》・短刀・長ドスと、実にさまざまであるのに比べ、守り手の十人は皆、お揃いの黒装束であった。得物は未だ手にしていない。

（ちょっと、少なくねえか？）

運び込まれる食糧から、銀二は家の中にいる人数を二十人と予想した。

或いは、常時二十人が詰めているわけではなく、交替制なのかもしれない。

銀二がそんなことを考えるあいだにも、寄せ手側は足を止めず、家に近づく。

「やっちまえ！」

誰が口走ったのか、定かではない。おそらく、寄せ手側の誰かであろう。彼らは既に得物を手にしている。誰かに指図されずとも、それを構えて前進するだけだ。

一方、守り手側は、特に慌てる様子もなくしばしその場で待ち、敵が彼らの間合いに入ったところで、漸く、なにやら刃の短い得物を取り出す。敵が自ら間合いに入るまでじっと待ったのは、己らの得物が相手のものよりもずっと短いためだった。

そして、相手が自ら間合いに入った、と見るや、一斉に動いた。

ざッ、

斬音までが綺麗に揃い、敵の半数は瞬時に絶命した。守り手側は全員無事。絶命したのは寄せ手側の者ばかりである。

一瞬にして、味方が半数に減ったことで、当然寄せ手側は動揺した。

動揺して歩みを止めたときには既に遅かった。足を止めるのではなく、後退すべきであった。

どす、
どす、
どす、
どす……

肉を貫く音は、少しずつずれたようだが、一人が一人を確実に斃《たお》す技の確かさに変わりはなかった。

(なんだ、こりゃあ)

仰天したのは銀二だけではない。

寄せ手側でたまたま生き残ってしまった者たちは即ち恐怖し、さすがに踵《きびす》を返して逃げ出した。

生き残りは、三名。

三人は懸命に走って元来た茂みの中へと戻るつもりだったのだろう。

が、それはかなわなかった。

守り手の中から、最も近くにいた三人がそれを追い、一瞬後、背後から襲って絶命させていた。

（なんだ、あいつら……一体何者だ？）

その問いに答えるかのように、

「あれはお庭番だ」

すぐ耳許《みみもと》で低く囁かれ、銀二は戦《おのの》く。

「え？」

「土台、金欲しさで雇われた与太者や破落戸《ごろつき》などが歯の立つ相手ではない」

無論聞き覚えのある声音であった。

「御前《ごぜん》！」

思わず振り返るとそこに、三郎兵衛がいる。

その傍《かたわ》らには、公儀お庭番の桐野も――。

「どういうことです？」

「あれは囮《おとり》だ」

「囮？」

不得要領な銀二を他所《よそ》に、黒装束の十名は音もなく姿を消していた。

家の中に戻ったのかと思えば、どうもそうではないらしい。

「夜気は冷えます。中に入りましょう」

「え？」

戸惑う銀二を促して、桐野は先に立って歩き出す。

「今宵はもう時刻も時刻なので仕方ないが、明日にはともに江戸へ戻るぞ、銀二」

「え？　い、いえ、あの、そいつは……」

「よいから、さっさと入れ。いつまでも、こんなところで立ち話などしていられるか。……寒くてかなわん」

三郎兵衛からは、強引に背を押され、銀二は仕方なく、桐野に続いてその家——武田屋敷の中へと入った。

第二章　姿なき追跡者

一

「また、尾張《おわり》か」

先ず、無意識の呟《つぶや》きが漏れた。

しかる後、

「尾張が一体どうしたと？」

心底うんざりした顔つきで三郎兵衛は問い返した。

その刹那、

「松波様！」

稲生正武《いのうまさたけ》は、柄《がら》にもなく顔色を変え、声を荒げた。

珍しく、襖《ふすま》を突き抜け、隣りの部屋まで筒抜けになりそうな大声である。

「なんだ、次左衛門《じざえもん》。ここは殿中であるぞ」

三郎兵衛もまた声を荒げて言い返す。

「もとより、承知の上でござる」

「ならば、弁《わきま》えよ、次左衛門ッ」

「それはこちらの台詞《せりふ》でござる」

「なんだと！」

幸い芙蓉之間《ふようのま》には、二人の他には誰もいなかった。

「貴様ーッ、誰に向かってものを言っておる」

おかげで、誰憚《はばか》ることなく大声が出しあえる。

だが、興奮しているように見えても、稲生正武は冷静であった。

「一体、何度同じことを申し上げればおわかりいただけまする。尾張殿が執拗に上様のお命を狙っておると、それがしはこれまで何度も申し上げてきましたぞ」

やや声をおとしながらも語気の鋭さはそのままに言い放ち、真っ直ぐ三郎兵衛を睨み据えている。

「…………」

その勢いに、さしもの三郎兵衛も一瞬間気圧《けお》された。

「つい先日も、上様の御膳に毒が盛られ、お毒味役の者が……」

「い、命を落としたのか?!」

三郎兵衛は思わず身を乗り出す。

「いえ、幸い、汁物の味の違和感に気づいた口役がすぐに吐き出したため、一命は取り留めましたが、あれがもし、上様のお口に入っていたらと思うと、肝《きも》が冷え申した」

「一体、なんの毒だったのだ?」

すぐ気を取り直し、三郎兵衛は問い返す。

「まだはっきりとはわかりませぬが、おそらく鳥兜《とりかぶと》ではないかと――」

「嘘を吐《つ》け」

三郎兵衛は即座に言い返した。

「鳥兜であれば、たとえすぐに吐き出したとて、ただではすまぬ」

「ですから、ただではすんでおりませぬ」

「え?」

「口役の者は、一命は取り留めたものの、いまなお、手足がしびれ、ろくに口もきけず、といった有様で、毒の後遺症に苦しんでおりまする」

「そ、そうか」

三郎兵衛は忽《たちま》ち眉間を曇らせる。

稲生正武の勢いは収まらなかった。

「尾張殿は、未だ野心を捨ててはおられませぬ」

「だが、既に隠居謹慎しておられるではないか」

三郎兵衛は懸命に言い返し、ふと思い返して、

「そもそも、さっきから黙って聞いておれば、そちは『尾張殿』と言い続けておるが、本来『尾張殿』と呼ばれるべきは、現藩主の宗勝《むねかつ》公であるぞ。隠居した宗春《むねはる》殿のことは、『尾張前黄門』或いは、『前中納言《さきの》』とお呼びするべきであろう」

得意気に言い放った。

論旨からはずれた揚げ足取りではあるが、いまはなんとしてでも、稲生正武よりも優位に立ちたい。

稲生正武は気まずげにしばし押し黙ってから、

「前中納言殿は、隠居くらいで引き下がるような御方ではございませぬ」

律義に言い直しておいて、更に話し続けた。

「寧《むし》ろ、上様に対する恨みを募らせ、虎視眈々《こしたんたん》と復仇《ふっきゅう》の機会を窺っておられます」

「前中納言は、一月に隠居させられて後、麴町《こうじまち》の中屋敷にて謹慎。いまはお国許《くにもと》に戻られ、城の三の丸で、江戸屋敷のとき以上に厳しい謹慎生活を送っておられると聞いたぞ。……なんでも、父母の墓参りにも行かれぬそうではないか」

「とんでもない！」

　稲生正武の語気が再び強まる。

「おとなしくしているように見えるのは、金がないからなにもできぬというだけのこと。前中納言殿が派手に浪費されたため、尾張の財政はいまや火の車でございます故。……ですが、お庭番に探らせたところ、お微行《しのび》で、気ままに何処《どこ》へでもお出かけなされておられます」

「よいではないか。どうせ金がないのだから、以前のように派手な豪遊はできまい。ささやかな気晴らしだろう」

「では、金があればどうなりましょうか」

「え？」

「金さえあれば、兵を蓄え、上様に牙を剝くとは思われませぬか？」

「まさか……」

「現にこうして、刺客を送り込んでいるのですぞ」

「尾張……いや、前中納言殿の仕業《しわざ》と決まったわけではあるまい。誰とも知れぬ者に命を狙われるのもまた、天下人のさだめだ」

「誰とも知れぬ者ではありませぬ。前中納言殿の仕業に相違ございませぬ」

「だから、何故うぬはそう決めつけたがるのだ」

「事実だからでございます」

「うぬは以前にも前中納言殿の仕業に見せかけて儂を襲わせたり、自らも襲われてみせるという狂言を仕組み、儂に、前中納言への疑心を植えつけようと目論《もくろ》んだな」

「…………」

稲生正武は気まずげに口を閉ざした。三郎兵衛の指摘に間違いなかったためである。

「うぬの望みどおり、尾張家は一度お取り潰しになった。上様は、前中納言を隠居させる際、一旦尾張家の家督をお召し上げになっている。……宗勝公は、前中納言の養子ではなく、新しく上様から賜った尾張家の御当主だ。そもそも宗勝公は、元々御連《ごれん》枝《し》の美濃高須《みのたかす》藩松平《まつだいら》家のご出身。前中納言とは無関係だ」

「宗勝公はそれでようござる。問題は前中納言がいまなお名古屋《なごや》城下にて自儘《じまま》にふるまっていることでございます。あの者は、江戸屋敷にて謹慎させ、終生幕府の監督下におくべきなのでございます」

「何故そこまで前中納言を目の敵《かたき》にするのだ」

「前中納言が、上様を害し、幕府の根幹を揺るがそうとする大罪人だからでございまする」

　僅かも躊躇《ためら》うことなく稲生正武は言い、三郎兵衛を見返した。

（今日の次左衛門はいやに手強《てごわ》い）

　三郎兵衛は内心辟易《へきえき》している。

「逆に松波様に伺いたい」

「な、なんだ」

「何故、かの者をそうまでお信じになられまする」

「別に、信じておるわけではない」

「では何故、庇われるのでございます」

「庇ってはおらぬッ」

「庇っておられます」

「そんなつもりはさらさらないが、うぬがそう思うのであれば、そうなのかもしれぬな」

「解《げ》せませぬ」

「なにがだ」

「我ら大目付は、上様と御公儀に対して悪心をいだく者あらば、これを除くのがお役目にございまする」

「い、言われずとも、わかっておる」

「まこと、おわかりでございまするか？」

「くどいぞ、次左衛門ッ！」

三郎兵衛が思わず声を荒げると、

「いいえ、少しもおわかりではございませぬ。おわかりであれば、左様な自儘を仰せられるわけがござらぬ」

「な、なにをぬかすか！」

三郎兵衛は絶句した。

稲生正武の、執拗で無礼な物言いは、三郎兵衛を怒らせる目的ではなく、根負けさせるためのものだった。そのことに漸《ようや》く気づくと、三郎兵衛は脱力し、しばし次の言葉が口をついて出なかった。

まさに、稲生正武の思うがままであった。

だが、他人の意のままにあしらわれてそれを良しとするような三郎兵衛ではない。

「お気の毒ではないか……」

咄嗟《とっさ》に口走り、苦しげな顔をゆっくりと背《そむ》けつつ、なお続ける。

「前中納言殿……あの御方は、江戸屋敷で生まれた八人の御子のうち、七人までも亡くされておられるのだぞ。……何《いず》れも、尾張在府中のことだと聞いている。死に目にも会えなかったのだ。中には、ろくに顔すら見覚えていない子もいただろう」

己が嫡子を喪《うしな》っているだけに、我が子の死というものを、一度ならず七度も経験せねばならなかった宗春のことが、三郎兵衛には不憫《ふびん》でならなかった。

それ故稲生正武の言うとおり、多少は贔屓《ひいき》目に見てしまうところがあるのかもしれない。

(嫡子を喪って、なんの野心ぞ)

正直三郎兵衛は声を大にして言ってやりたい。

我が子を喪ってなお野心を抱き続けることのできる者は最早《もはや》人智を超えた存在だ。

そんな人間になら、いっそ天下をとらせてやってもいいような気さえしてくる。

「………」

いきり立っていた稲生正武も三郎兵衛の言葉にはさすがに顔を曇らせ、言葉をなくした。

稲生正武とて、人の子である。我が子の死を悲しまぬ親はいない、ということくらい、承知している。承知しているだろうと思い、三郎兵衛はそのことを口にした。

前尾張藩主・宗春が、最早幕府にも吉宗にも叛意はいだいていないだろうと思う根拠としては充分ではないか。

稲生正武が尾張藩前藩主を目の敵《かたき》にするのは、最もわかりやすい存在だからだろう、と三郎兵衛は思っている。

そもそも稲生正武の目的は、尾張家を潰すことだった。宗春の隠居謹慎によって、その願いはかなえられた。

しかし吉宗は、御神君の直系である御三家の一つを取り潰すのはさすがに忍びなかったのだろう。御連枝の中から適当な者を選んで尾張藩を継がせた。宗春との血縁は薄いが、宗勝は前藩主への礼を欠かさず、三の丸には屢々《しばしば》宗勝からの贈り物が届く、という。窮屈な隠居謹慎というよりは、悠々自適な隠居生活といったおもむきであるらしい。

或いは、稲生正武はそれが気に食わないのかもしれない。

「松波様は、お優しゅうございますな」

一旦口を閉ざした稲生正武は、だがしばし後再びその口を開く。

「なれど、誰もが松波様のようにお考えになるとは限りませぬぞ」

「どういう意味だ？」

その皮肉な口調にムッとして、三郎兵衛は不機嫌に問い返す。

「たとえすべての子を喪《うしな》おうと、野心を捨てぬ者はおりましょう」

「次左衛門！」

「前中納言がいまなお謀叛《むほん》の気持ちを捨てていない、なによりの証拠がございます」

「なんだ？」

「いま、前中納言は必死で金を集めようとしております」

「金を？」

「つい先日も、大坂《おおさか》から江戸へ向かう運上金の行列が大津《おおつ》を出たところで賊に襲われ、三万両もの金子《きんす》が奪われ申した。……これは、未だ御老中以上の方々しか知らぬことでございます」

「まさか、運上金を奪った賊とやらが、尾張……いや、前中納言の手の者だとでも言うつもりではあるまいな？」

「賊どもは皆恐ろしく腕が立ち、現れるや否や、瞬《またた》く間に警護の武士たちを片づけたそうでございます。その手際《てぎわ》、とても町人風情——市井《しせい》の盗賊とは思えぬと申しておりました」

「誰がだ？　警護の武士は皆賊に斬られたのであろう？」

「賊は、武士だけを斬り、金を運ぶ人足は生かしたのでございます。怯《おび》えて逃げ出そうとする人足どもを脅しつけ、金を、桑名《くわな》の浜まで運ばせたそうでございます」

「桑名の浜？」

「浜で船に乗せ、沖に停泊していた大船に積み替えて運び去ったそうにございます」

「で、賊は人足の命は奪わず立ち去ったのか？　その人足が律義に戻ってきて報告したというわけか。ご苦労だったのう」

「まだわかりませぬか、松波様」

「なにがだ？」

「千両箱を運び去った船は、五十石以上の大船だったのですぞ。それほどの大船を用意できるのは、余程の豪商でなければ、大名に相違ございませぬ。前中納言が、手下の尾張柳生《やぎゅう》にやらせたのでございます」

「…………」

三郎兵衛は絶句した。

稲生正武の言うことは一見無茶苦茶なようにみえながら、だがすぐには反論し難いことに気づいたのだ。

「世の中に、大船を所有する大名がいかほどいようか。また、腕の立つ者を雇い入れることのできる盗賊の一味がおらぬとも限るまい」

すぐさま言い返すつもりが、できなかった。

もし言い返せば、稲生正武はこう言い返すだろう。

「左様。おらぬとは限りませぬ。ですが、それと同様、前中納言の仕業でないとも言い切れませぬ」

そして、それを言われてしまっては、最早三郎兵衛には返す言葉はなくなるのだ。

それ故三郎兵衛はそれきり口を閉ざし、不機嫌に押し黙るしかなかった。

不機嫌に押し黙ったままで、その日三郎兵衛は下城した。それからしばらく登城する機会もなく、当然稲生正武とは顔を合わせていない。

そんなやりとりが、稲生正武とのあいだでおこなわれたのが、実は三郎兵衛が高尾へ赴《おもむ》く少し前のことだった。

だが三郎兵衛は、ふらりと屋敷を出て高尾を目指したときには、城中で稲生正武と交わした会話及び、激しい諍《いさか》いのことなど、綺麗さっぱり忘れ果てている。稲生正武が根強く抱き続ける危惧は、三郎兵衛にとってはその程度の問題でしかなかった。

それ故、忘れ果てていたところへ、大掛かりな高尾山中の仕掛けを見せられて三郎兵衛は啞然とした。

「この一件には、お前も関わっていたのか、桐野？」

「いいえ。私の務めはあくまで御前《ごぜん》の身辺警護でございます。……上様直々《じきじき》の任を負った者は、別の組の者らの仕事には、関わりませせぬ」

桐野は交々《こもごも》と言い訳をした。

「それに、これは下野守《しもつけのかみ》様の命《めい》と聞いておりましたので、御前にお聞かせするわけにもゆかず……」

「次左衛門の命《めい》を、何故儂に聞かせるわけにはゆかぬのだ？　次左衛門から口止めされておったのか？」

「いえ、別にそのようなわけでは……」

「さもあろう。次左衛門と儂は同じ大目付。次左衛門の為すことは即ち儂の為すことだ。隠し事をされる覚えはないぞ」

「い、如何にも——」

「では、何故黙っておったのだ？」

「そ、それは、黙っていたわけではなく……その、話す機会がなかっただけで……」

嬲《なぶ》るような口調で三郎兵衛に問われると、桐野は訥々《とつとつ》と弁疏《べんそ》するしかなくなる。

「どうした、桐野？」

「も、申し訳ございませぬ」

桐野は心底申し訳なさそうに詫びた。

そのことに関しては、常に後ろめたさを感じながら三郎兵衛の身辺警護をしていたのだろう。珍しく、動揺しているようだった。

「別に、責めているわけではない」

だが三郎兵衛は、些《いささ》か慌てて言い返す。

本気で困惑する桐野を見るのは楽しいが、同時に大人げないことをしているという罪悪感もある。

「ただ、ちょっと水くさいと思うただけだ」

「申し訳ございませぬ」

桐野は再度恭《うやうや》しく詫びてから、

「とはいえ、まさか噂を聞きつけた盗賊どもが釣れてしまうとは夢にも思いませなんだ」

　困惑顔のままに述べた。

「しかも、お庭番が流した噂は、ただ高尾山中に大金が隠されている、というものでしたのに、それが五年前に甲府城から奪われた金であるとか、高尾山中の館はかつて武田家の姫が隠れ住んだものであるとか、いつのまにか尾鰭《おひれ》がついておりました」

「うむ……困ったものじゃのう」

　三郎兵衛が同意すると、

「なに言ってんですよ、御前。悪いのはお庭番のほうでしょうが」

　銀二が忽ち顔色を変え、二人の話に割り込んできた。

「わざわざ妙な仕掛けをしやがって、どうかしてますよ。……盗っ人どもが集まってきたからってなんです。当然じゃねえですか。盗っ人ってのは、そもそも金の匂いを嗅ぎつけるもんなんですから」

「とはいえ、まさかお前までかかるとはのう。……なるほど、盗っ人は金の匂いを嗅ぎつける、か。どおりで、待てど暮らせど、戻って来ぬわけだ」

　余程腹に据えかねるのか、語気強くまくし立てる銀二を、宥《なだ》めるように三郎兵衛が揶揄すると、

「あ、あっしは…違いますよ」

銀二はきまり悪げに顔を背けた。

桐野も口を閉ざしているため、少しく重い沈黙が訪れる。

(お庭番も盗っ人も、どっちもどっちよ)

三郎兵衛は内心呆れている。

一歩中に入ると、屋敷の内部は極めて簡素なものだった。

家具や調度はなにもなく、ものの見事にガランとしていて、ほぼ空き家のような状態であった。当たり前だ。元々人が住むための家ではなく、誰とも知れぬ者たちを誘《おび》き出すために造られたものなのだ。

いわくありげに古びていて、如何にも謎の人物が住み着いているように見えさえすれば、それでいい。

そして、外から見る限りは、ものの見事にそう見えた。

それでも、一応雨露《あめつゆ》の凌《しの》げる家である。炉に火を入れさえすれば、充分に暖かい。

少なくとも、表と比べれば雲泥の差であった。

家に入るとすぐ、何処から調達したのか、桐野が握り飯を運んできてくれた。

三郎兵衛も銀二も夢中で食べた。

三郎兵衛は少し前に、山鳥の炙《あぶ》り焼きを食べていたが、その後山歩きをしたので再び空腹に見舞われていた。

「銀二殿には、申し訳ないことをいたしました」

桐野は先ず、銀二に詫びた。

それから、山中の館がなんの目的で建てられたものなのかを語り、期待されるような金はこの家にはないのだということを告げた。

銀二は唖然としてしばし言葉を失い、三郎兵衛にはなにがどうなっているのか、さっぱりわけがわからなかった。

それ故桐野は、この仕掛けが一体なんのために、また何処の誰を誘き出すために為されたものなのか——更にはそれをお庭番に命じたのが何処の誰なのかをも、説明せねばならなかった。

その結果、

「この件には、はじめからお前も関わっていたのか、桐野?」

と三郎兵衛から問い返される羽目に陥《おちい》った。

(まずい……)

桐野は焦った。

できればこんなことで三郎兵衛の信頼を失いたくはない。

だが、どんなに巧みに言い訳をしても、ひとたび芽生えた不信感は、容易には拭えないだろう。

(だから御前には知られたくなかったんだ)

内心臍《ほぞ》を嚙んだが、あとの祭りだ。

銀二が高尾山中に姿を見せたという報告を三郎兵衛にするかどうか、桐野は迷った。

下館からの帰路で姿を消した銀二が高尾山中に現れたと聞けば、思い当たる理由は唯一つだ。

だが、そのことを知っていて、黙っていたことが露見すれば、桐野は三郎兵衛の信頼を失うだろう。

(なにもすべてを話す必要はない。銀二殿が高尾山中に現れたということだけ告げて、あとはこちらですべてを終わらせればいいのだ)

と考えていたのだが、桐野の見通しは甘過ぎた。

まさか、三郎兵衛自ら即刻高尾に向かうとは夢にも思わなかった。

一方銀二は、ある者を誘き出す目的で山中にこの家を建て、金が隠されているという噂を流した、という桐野の話には一応納得したものの、疑問と不満は拭えなかった。

そもそもお庭番は、何故そんな馬鹿げた真似をしてくれたのか。桐野の説明には腑に落ちない点が多すぎた。

(どうせ、俺みてえなもんには聞かせられねえ話なんだろうけどよ)

すっかりふて腐れた銀二であったが、三郎兵衛は三郎兵衛で、銀二の話も聞かねばならない。

「それが……」

「随分とまた、まわり道をしたものじゃのう」

厭味《いやみ》にならない程度に揶揄《やゆ》する口調で三郎兵衛は水を向けた。

銀二は話した。江戸への帰還が遅れた理由を、包み隠さずすべて話した。

「昔の仲間に見つかってしまったのでは仕方ないな」

「正確には同業者ってだけですが」

銀二は遠慮がちに訂正する。

「それで、そのムカデだかムジナだかが、甲府城の御金蔵の金が高尾にあると言ったんだな」

「ええ」

「まったく、とんだ尾鰭がついたものだな」

「まったくです」

「それで、ムカデを使ってお前に復讐しようとしている者に心当たりはあるのか？」

「いえ……」

三郎兵衛はあれこれ問うたが、銀二はきまり悪げに訥々と応えるばかりであった。

その様子が気の毒で、三郎兵衛はそれ以上追及するのをやめた。なにか隠し事があることは容易に察せられる。

だが、こうして無事に見《まみ》えることができたのだから、いまは、それでよい。三郎兵衛を鷹揚《おうよう》にさせていたのはその疲労感故であったが、本人は未だ気づいていない。

「わかった」

やがて三郎兵衛はあっさり頷くと、

「兎《と》に角《かく》、無事でよかった。江戸に着いたら、しばらく屋敷の中間《ちゅうげん》部屋にでもいるといい」

意外なことを言った。

「え？」

「お前をつけ狙っている者の正体がわからぬ以上、当分のあいだは市中をうろつかぬほうがよいだろう」

「しかし、御前——」

「言うとおりにせよ」

言い放つなり、三郎兵衛はその場にゴロリと身を横たえた。固くて冷たい床の上ではあったが、横になった途端に睡魔が訪れた。余程肉体が疲労していたのであろう。

二

その日三郎兵衛らが屋敷に着いたのは、五ツ過ぎのことだった。

途中何度か休憩しながらも終日歩きづめだった。一刻も早く居間で寛《くつろ》ぎたい。

「何処行ってたんだよ？」

「…………」

玄関で出迎えてくれた仏頂面《ぶっちょうづら》の勘九郎から問われても、到底応える気になれなかった。

「なんだよ、なんだよ、俺だけおいてきぼりにした上に、何処行ってたのかも教えねえ気かよ」

応えぬ三郎兵衛に、勘九郎は更に不機嫌な顔をする。

「儂は疲れた。詳しいことは桐野に訊け」

　内心辟易しながら応えると、

「あれ？　銀二兄《にい》か？」

　勘九郎が不意に頓狂な声を出した。

　釘抜紋《くぎぬきもん》の六尺半纏《はんてん》に梵天帯《ぼんてんおび》という中間姿で式台の前に跪《ひざまづ》いていた男が銀二であると、漸く気がついたのだ。

　お仕着せの中間衣装は、道中目立たぬようにと、桐野が用意したものだった。

「なんだ、銀二兄を迎えに行ってたんじゃないか。だったら俺にも教えてくれればよかったのに」

　勘九郎の声音にも満面にも、忽ち喜色が漲《みなぎ》ってゆく。

「一体何処行ってたんだよ、銀二兄。心配したんだぜ」

「若……」

　労《いたわ》りの言葉が身に沁みたのだろう。銀二は容易《たやす》く声を詰まらせる。

「心配おかけして、すみません」

「そんな……いいよ、無事に帰って来たんだから」

　銀二の顔をひと目見た途端の勘九郎の豹変ぶりに、さしもの三郎兵衛も内心呆れた。

（なんじゃ、こやつ。まるで実の父親にでも再会したようではないか）

さすがにあまりいい気持ちはしなかったが、そうなったのも、そもそも己で招いたことだから仕方ない。内心の腹立ちを辛うじて堪《こら》えると、

「いつまでそんなところにつっ立っておるつもりだ。早く中へ入らぬか」

三郎兵衛は背中から言い捨てた。

「銀二はその姿故、庭へまわるがよい」

ぞんざいに言い捨てて、三郎兵衛は真っ直ぐ己の部屋へと向かう。主人の帰還を知った黒兵衛《くろべえ》が慌てて足洗いの盥《たらい》を用意させたが遅かった。裾の泥をろくに払いもせず、汚れた足袋のままで、三郎兵衛は自邸にあがり込んだ。兎に角いまは、茶でも喫して一息つきたかった。

「詳しいことは桐野に訊け、と言うた筈だぞ」

己の居間の脇息に深く身を凭《もた》せながら、さも面倒くさそうに三郎兵衛は言った。

黒兵衛が淹《い》れてくれた茶を飲み、甘い菓子を食べたせいか、疲れはとれているが、長々と話をするのは面倒だった。

「桐野なんか、どこにもいないじゃないか」

「どうせ近くにおる。出て来い、と一言言えば、すぐに出て来る」

「なんで桐野の口から言わせようとするんだよ。後ろめたいことがあるからだろうが」

「馬鹿を申せ。後ろめたいことなど、あるはずがなかろう」

「じゃあなんで、俺を連れてかなかったんだよ。銀二兄を迎えに行くなら、俺も一緒に行ったのに。……なんで桐野を連れてったんだよ」

「あれは勝手について来たのだ。連れて行ったわけではない」

仕方なく応えながら、三郎兵衛は内心辟易していた。

「どうせ俺なんざ、いざってとき何の役にも立たねえし、足手まといになるだろう、ってんで蚊帳《かや》の外に置いたんだろ。え？　どうせ、そうなんだろ」

「ああ、そのとおりだ」

「なんだよ、その言い方――」

「お前が言わせたのではないか」

「だからって、そのとおりってこたあねえだろうがよ」

「本当にしつこいのう。いつまで拗《す》ねておるのだ」

「別に拗ねてなんか、いねえよ」

「拗ねておるから、そのように、頑是無い《がんぜ》童《わらべ》のようなことを言うのだろうが」

「ああ、どうせ俺は童だよ。祖父《じい》さんたちからみたら、赤児みてえなもんだろうぜ」

「話にならんな」

「そうかい、そうかい、こんな役立たず相手じゃ、まともに話もできねえってわけかよ。上等だぜ」

勘九郎はいよいよからみ口調になるが、その刹那、

「それは違います、若」

言葉とともに、桐野が不意に姿を現した。

天井《てんじょう》の梁《はり》の上から音もさせずに下りたのであるが、それがあまりに唐突であったため、下り立ったのではなく、畳から湧いて出たように見えた。

「い、いたのか、桐野」

これには、勘九郎も些か面食らう。

「此度《こたび》の高尾行きは、私から御前《ごぜん》にお願いしたものでございます」

だが桐野は少しも悪びれずその場に膝をつき、大真面目な顔で言う。

「高尾に行ってたのか？」

「はい。本来ならば、私が一人で参らねばならぬところ、御前におつきあいいただい

たのでございます」

「どうして？」

「高尾に参りましたのも、銀二殿を迎えに行ったわけではなく、私の、お庭番としての勤めのためでございました。銀二殿とは、高尾山中にて偶然出会《でくわ》したのでございます」

桐野はすらすらと流暢に述べたが、勘九郎は既に我に返っている。

「存外嘘が下手《へた》だな、桐野」

我に返り、真顔で桐野を見据えながら勘九郎は言った。

「お前一人で事足りる用事に、なんで古稀《こき》のジジイを引っ張り出す必要があるんだよ」

「いいえ、御前にご一緒いただければ百万の味方を得たも同然——」

「そういう阿諛《おべつか》はいいから」

と言いかける桐野の言葉を食い気味に制しておいて、

「銀二兄の行方を、ずっと捜してたんだろ、桐野？」

「…………」

勘九郎は鋭く問うた。

もとより桐野は答えない。

「大方、行方不明の銀二兄の行方がわかったんで、二人で迎えに行ったんだろ」

「違います」

「違わねえんだよッ」

勘九郎は思わず語気を荒げる。

「いい加減にしろよ、桐野」

「…………」

「調べた先が、大方危険な場所だったんで、お前が祖父さんに付き添ったんだろ、桐野？　な、そうなんだろ？」

「違います」

勘九郎は懸命に問いかけるが、桐野は無感情に首を振る。

「銀二兄の行方がわかったなら、なんで俺にも教えてくれなかったんだよ。俺はそんなに頼りねえ足手纏いなのかよ？」

「ですから、銀二殿を迎えに行ったわけでは……」

「まだ言うのか、桐野」

勘九郎はさすがに焦れる。

「……」

「だから、違うんですよ、若」

答えに窮した桐野に代わって、障子の外から銀二が応えた。

三郎兵衛に言われたとおり、律義に庭先へまわり、そこで神妙に控えていたのだろう。

「なにが違うんだよ、銀二兄」

勘九郎は慌てて障子を開ける。

「高尾へ行ったのは、あっしの勝手な考えで、御前にも桐野さんにも関わりのねえことなんで」

「え？」

「嘘じゃねえですよ」

「じゃあなんで、高尾に行ったんだ？」

「そこに金があるって話を聞いたからですよ」

「金が？」

「ええ。金があると聞けば、つい足が向いちまう。盗っ人の性《さが》ってやつです」

「あんたも嘘が下手だな、銀二兄」

勘九郎は鼻先でせせら笑った。

「兄貴は、とっくに盗っ人じゃなくなってるじゃないか。金なんか欲しがるわけがない」

「そんなことはありやせん。高尾にあると言われてたのは特別な金でした」

「特別な金?」

「結局なかったんですがね」

「どういうことだよ?」

「それが――」

銀二が言いかけたときである。

「あ!」

ふとなにかに思い当たったらしい勘九郎が、三郎兵衛を顧みた。

「そう言えば、銀二兄はなんでここにいるんだよ?」

「え?」

「だって、緊急避難のとき以外で、この屋敷に来ることは殆《ほとん》どなかっただろ。……会うときはいつも屋敷の外だった」

「それは御前が……」

「祖父さんが？」

口ごもる銀二の言葉を受けた勘九郎は反射的に三郎兵衛を顧みた。無意識に強い視線を向けている。三郎兵衛は微《かす》かに頷いたように見えた。

勘九郎の勘の良さは、三郎兵衛譲りだ。

「銀二兄は、誰かに狙われてるのか？」

「え？」

驚きの声をあげたのは、誰あらん銀二その人である。

(そんなつもりで、己を屋敷に連れ帰ったのか)

三郎兵衛の本心をここではじめて知ることになり、銀二はしばし茫然とした。

三

「銀二を狙っているのが何処の誰か、突き止めたい」

という三郎兵衛の真意には、単純に銀二の身を案じる以外の思惑もあった。

「あっしのことでしたら、どうかお気遣いなく。狙われてるといっても、どうせたいした奴らじゃありませんよ」

銀二は事も無げに笑ったが、三郎兵衛は妙に気になった。

（銀二が大岡様に捕らえられて南町の密偵となったのは、十年以上も前のことだ。奉行所の密偵であった頃、銀二の働きによって捕らえられた者が銀二への恨みをいだいたまま流刑先から戻り、復讐を企むことが、全くないとは言い切れぬ。だが……）

それが、奉行所の密偵時代ではなく、いまであることに、三郎兵衛は奇異を覚えた。奉行所の密偵をしていれば、四六時中犯罪と隣り合わせることになる。昔の仲間や顔見知りとの接触も少なくなかった筈だ。だからこそ、の密偵である。

昔の仲間――或いは同業者からの怨みを買うとすれば、その頃にこそ、買っているべきだ。

だが銀二は、三郎兵衛が南町奉行を辞し、大目付の職を拝した頃から、奉行所の仕事はしていない。大岡ゆかりの同心が隠居したのを潮《しお》に、謂わば三郎兵衛専門の密偵となった。

大目付の密偵は、奉行所のそれとは勝手が違った。昔馴染みの者たちと顔を合わせることも殆どない。現役の盗っ人たちのあいだでは、《闇鶴》の銀二は既《すで》に過去の人になっていることだろう。

それが今更狙われるというのも妙な話ではないかと三郎兵衛は思うのだが、当の銀二は全く気にもとめていない。

(迂闊《うかつ》すぎるぞ)

何処かで恨みを買っていたとしても、どうせ盗っ人同士のことだとタカをくっているのだろう。

だが三郎兵衛はそうは思わなかった。

これまで長年密偵の仕事を務めてきて、一度もなかったことが起こったのだ。なんらかの異変が発生していることを、多少なりとも疑わねばならない。

「でも、一体どうやってそいつらを誘き出すんだよ。銀二兄本人を囮《おとり》にするって話なら、賛成できねえな」

「別に、お前に手伝えとは言っていない」

勘九郎に対する三郎兵衛の返答はにべもない。

銀二をつけ狙っているという奴を探る相談に、まさか銀二本人を呼ぶわけにはいかない。銀二は当分のあいだ、松波家の中間部屋に住むこととなった。中間部屋に住む以上、ひととおり中間の仕事はしてもらう。

老人が家宰《かさい》を務める人手不足の屋敷では、壮年の働き手は貴重である。三郎兵衛が登城せぬ今日のような日は、屋根の修繕やら、雨樋《あまどい》の掃除やらをやらされていることだろう。

勘九郎にはそれも気がかりだった。

如何に三郎兵衛の言いつけとはいえ、銀二は何故、唯々諾々《いいだくだく》と中間奉公などに勤《いそ》しんでいるのか。

「じゃあ、どうするんだよ？」

「え？」

「お前は、銀二が勝手に屋敷の外へ出ぬよう、見張れ」

「どうしても用があって屋敷の外へ出ると言うときは、密かに尾行《つ》けろ」

「そりゃあ、無理な相談だな」

悪びれもせずに、勘九郎は応えた。

「俺の尾行なんて、銀二兄には通用しねえよ」

「ならば尾行するのではなく、自分も同じ方向に用がある、とでも言って、同道すればよい」

「そんな白々しいこと、言えっかよ」

「言えねば、黙って同道すればよい」

「なんでそうまでして、銀二兄にくっついてなきゃならねえんだよ」

「護衛だ」

「え？」

「銀二をつけ狙う者が、同業の盗っ人であれば、十人かそこいら来たところで、よもや銀二がおくれをとることはあるまい。だが、万一複数の二本差しに襲われれば、そうはゆかぬ」

「銀二兄を狙ってる奴って、侍なのか？」

「それはまだわからんが――」

　一旦口を閉ざしてから、

「銀二は、口ではたいした奴ではあるまいから心配は要らぬと言うておるが、それでは何故、千住の宿場で《蜈蚣《むかで》》の助松なる者をまいた後、あれほど念入りに己の消息を消したのか。……まともに相手をするのが厄介な相手であるということを、無意識に膚《はだ》で覚っていたからではないのかと、儂はみておる」

　三郎兵衛はひと息に述べた。

「祖父さんがそう思うんじゃ、そうなのかもな」

「だから、当分のあいだ、銀二を屋敷の外へ出すな。銀二がこの屋敷に入ったきり、いつまでも姿を見せねば、敵は焦ってなにか仕掛けてくるかもしれぬ」

「敵はもうこの屋敷を突き止めてるってのか？」

「わからんが……千住で銀二と会った《蜈蚣》の助松、もとより偶然ではあるまい」

「ああ、多分待ち伏せだろうな」

「だとすれば、敵は銀二の行動をある程度把握しているということになる。侮《あなど》れぬ相手だ」

三郎兵衛は厳しい表情で言い切った。

「それ故お前も心しておけ」

「あ、ああ」

不得要領《ふとくようりよう》に勘九郎は頷き、だが不安げに三郎兵衛を見返す。

祖父の顔つきや口調から、事態の深刻さは充分察せられる。でありながら、敵の正体が全くわからず、見当もつかぬということの心許《こころもと》なさときたら、どうであろう。

おそらくそれは、三郎兵衛も同じなのだ。

(祖父さんにも見当のつかねえ敵なんて、なにをどう、心しろ、ってんだよ)

口に出したい言葉を、勘九郎は辛うじて呑み込んだ。

この場に桐野がいないのは、既に三郎兵衛の命を承《う》け、何処かへ何かを探りに行ったためだろう。結局、桐野だけが頼りになるのだ。

それでも、今回は役目が与えられただけ、ましだと思わねばならない。

(見てろ、爺《じじい》。俺がどんなに役に立つ男か教えてやるぜ)

心中密かに勘九郎は思った。


「明日登城する。供《とも》をせい、銀二」

銀二が松波家の中間部屋に起居するようになって数日後、三郎兵衛は銀二に告げた。

「え？」

「こうして閉じこもっていても、なにもわからん。試しに少し出てみよう」

「あ、あっしが、お城へお供するんですか？」

銀二はさすがに困惑したが、

「そうだ。当分のあいだ、お前が当家の中間なのだからな」

三郎兵衛は一向平気であった。

「ですが、御前――」

「儂が城中に入った後、お前は屋敷に戻らず、御門のうちにて待っておれ。半刻ほどで戻る故――」

と断りを入れたのは、終日城勤めをする主人に随《したが》って来た若党や中間は大抵主人を待たずに帰ってしまうので、そういう者たちにつられて御門の外に出ぬよう、念を押したのである。即ち、本気で銀二を伴おうという気持ちの表れであった。

「ちょっと待ってくださいよ、御前」

そこで銀二は改めて目を見張り、慌てて言い募った。

「いくらなんでも、酔狂が過ぎますぜ」

「たわけ、なにが酔狂だ」

三郎兵衛は真顔で叱責した。

「お前は、己を狙っておる奴の見当もつかぬくせに、何故そうもタカをくっておるのだ。お前の敵の真の狙いは、或いはこの儂だとは思わぬのか？」

「…………」

銀二は項垂《うなだ》れたきり、一言も応えなかった。

痛いところを衝かれたからではあるが、銀二とて、その可能性を全く考えぬわけではなかったのである。

何処の誰が己を狙っているのかすぐには見当がつかぬのは、或いは敵の本当の狙いが全く別のところにあるからではないのか。

「敵の……敵の狙いが、御前だったとしたら、その……」

「なんだ？」

気まずげに言い淀む銀二に、三郎兵衛は鋭く問いかける。

「はっきり言え」

「いえ、その……あっしがお供をしたんじゃ、余計まずいんじゃないかと……」

「たわけっ」

三郎兵衛は再度叱責した。

「儂を誰だと思うておる」

「も、申し訳ございやせん」

銀二は少し項垂れる。

「寧ろ、好都合ではないか」

と嘯《うそぶ》いた次の瞬間、三郎兵衛は笑顔になった。

見馴れている筈の銀二すら、しばし言葉を失うほどに、不気味で不敵な笑みであった。

四

「これは松波様」

稲生正武は三郎兵衛を見ると、

「先日は失礼いたしました」

すぐに威儀を正して一礼した。

「いや、こちらこそ、大人げないことを申した」

先に頭を下げられたなら、三郎兵衛も素直に応じる。

(こやつ、儂には律義に毎日登城する必要はないと言いながら、己は毎日登城しておるのではないか?)

三郎兵衛がふと首を傾げたくなったほど、芙蓉之間で、およそその姿を見なかったことがない。如何に大目付筆頭とはいえ、少々生真面目すぎるのではないか。

(しかしまあ、こやつの場合は、なにを企んでおるか、腹の底が知れぬ故なぁ)

と思っている己の心中はひた隠し、

「ご苦労じゃったのう」

笑顔で労《ねぎら》った。

稲生正武のほうでも、

（この御仁の笑顔ほど剣呑なものはないわい）

という本心はおくびにも出さない。

「高尾の武田屋敷、撤収するそうではないか」

「あ…はい」

稲生正武は困惑気味に頷くが、

「ああいう仕掛けをするならするで、儂にも一言言ってほしかったのう」

三郎兵衛は容赦なくたたみ掛ける。

「さすれば、多少の手助けはできたであろうに。……折角の武田屋敷、このまま捨ててしまうのは勿体《もったい》ないのう」

「松波様は、面白がっておられるか」

「まさか」

恨みがましい稲生正武の目をまともに受け止め、三郎兵衛は内心喜ぶ。

「儂とて、大目付の末席に名を連ねる以上、常にうぬと同じ気持ちでおるぞ」

「左様でございまするか」

稲生正武は、何を言っても、顔色も口調も少しも変わらない。

「此度のことは、それがしの失態にございます」

「いや、そうでもあるまい。実際に釣られて来る者もあったのだ。いま少しあのままにしておけば、何《いず》れは目的の者も釣れるかもしれぬぞ」

「だとしても、ときがかかり過ぎまする。余計な者ばかり集まって来るのでは埒《らち》があきませぬ」

「左様か」

「それ故、やり方を変えまする」

「え？」

「奴らが狙うのは、やはり御用金の護送途中のようでございます。それ故、囮の荷駄を仕立て、各街道を往来させようと思います」

「なるほどのう」

三郎兵衛は頷き、

「ご苦労なことだ」

という言葉は辛うじて呑み込んだ。

「ところで次左衛門」

代わりに、言っておかねばならぬことがある。

「儂は当分のあいだ、お城に通おうと思うのだが――」

「え？」

「折角こうして通うて来るのだから、なにか仕事はないか？」

「仕事、でございまするか」

稲生正武は当然戸惑う。

「まさか、毎日ここへ来て、そなたと一刻語らって帰るわけにもゆくまい。なにか、簡単な仕事がしたい」

「急に仕事と言われましても……」

稲生正武は考え込む様子であったが、

「それに、毎日、登城なされるのでございますか？」

ふと問い返す。

「悪いか？　そちは毎日登城しておるではないか」

「それがしは、この部屋の留守居をしております」

「いい大人が、留守居のためにだけ毎日登城して来るわけではあるまい」

「それは……そうですが。それがしとて、せいぜい日誌を書くくらいのものですぞ」

「では儂も日誌を書こう」

「二人がかりで書くほどのものではございませぬ」

稲生正武の言葉つきはいつしか泣きそうなものに変わっている。

三郎兵衛の唐突な申し出に、明らかに閉口している様子であった。それでも、

（なんでこの爺《じい》さんは、いつもいつも面倒なことばかり言い出すのだ）

と思っている内心は、とりあえずひた隠しておく。

三郎兵衛の登城は、それから三日ほども続いた。

宿直《とのい》の者と交替する巳《み》の刻に合わせて行くので、城門の内も外も大変混み合っていて銀二は閉口したが、三郎兵衛は全く意に介さない。

「なにか気になることはあったか？」

行き帰り、必ず銀二に確認したが、「否」と答えるよりほか、銀二には為す術《すべ》がなかった。

いまは足を洗っているとはいえ、銀二は元々盗っ人だ。罪人だという自覚はある。

公方様の住まうお城に、最も近づいてはいけない者が近づいているというだけで緊張するのに、大勢の幕臣たちの中に存在するなど、銀二にとっては針の筵《むしろ》にも等しい状

況だ。

無論、「なにか」を気にする余裕などない。

「御門のうちにて待て」

という三郎兵衛の言葉の真意は、登城の初日に理解した。

主人を送ってきた中間・若党等、供の者たちは、主人が城中に入るのを見送ると、大抵その場を離れ、三々五々散って行く。

ひとたび登城した主人は夕刻にならねば下城しないし、中には宿直を務める者もいる。

三郎兵衛のように、気まぐれに登城し、好き勝手な時刻に下城できる者は少ない。

「兄さん、見かけねえ顔だな。渡り中間かい？」

初日、三郎兵衛を見送って手持ち無沙汰にしていた銀二に、早速声をかけてきた者があった。

銀二と同じく、釘抜紋の六尺半纏に梵天帯という中間姿の、五十がらみの男であった。

「ああ、まだ新しいお屋敷に移ったばっかりでな」

もとより、慌てることなく銀二は応じた。密偵として働いていれば、中間部屋に潜入するなど日常茶飯だ。それ故銀二には、ある程度渡り中間としての知識も経験もあった。

「だったら、ちょいとつきあわねえかい？」

「何処へ？」

相手が何処へ誘おうとしているか凡《およ》その見当はついていたが、敢えて問い返す。

「それは行ってからのお楽しみよ」

「なら、残念ながらお断りだな」

「え？」

「うちの旦那は帰りが早ぇんだ。博打《ばくち》は無理だ」

「そ、そうかい」

きっぱり断られて、相手は些か面食らったようだが、それ以上はなにも言わずに去って行った。

武家の内情が厳しい昨今、どこの家でも使用人の数は最低限に抑えたい。登城の機会があまりないような家であれば、平素は中間をおかず、登城の際にだけ、渡り中間と呼ばれる臨時雇いの者を雇えばよい。

当然ながら、臨時雇いの中間には主家《しゅか》への忠誠心などはない。

報酬を得るための手段と割り切っているから、できるだけ効率よく稼ごうとする。中間部屋に賭場《とば》を開いてそのあがりを掠《かす》めるくらいは日常茶飯であることを、もとより銀二も知っていた。

主家になんの恩義も感じていない渡り中間は、同じような渡り中間と出会えば即ち賭場に誘う。謂わば、挨拶代わりといったところだ。本物の渡り中間であれば、その手の誘いは断らない。同じような渡り中間ばかりが集まる賭場では、さまざまな噂話が囁かれる。

どこの屋敷が待遇がいいとか、給金がいいとか、そんな情報を交換し合う。少しでも条件のいい屋敷へ行きたいと思うのが人情だから、賭場には常に人が集まる。

だが銀二はあっさり断った。

その男は、些か意外に思ったかもしれないが、別に執着はせず、すぐ次の中間に声をかけに行った。

(やれやれ……)

心中長嘆息しつつ、銀二は中之口《なかのくち》の周辺に手頃な場所を見つけて座り込んだ。明け番の武士が下城する時刻なので、あたりは主人を迎えに来た中間・若党・草履取《ぞうりと》りたちで混雑している。

大目付の三郎兵衛は、俗に「老中口」と呼ばれる東の納戸口《なんどぐち》の使用が許されているので本来ならばそちらで待つべきなのだが、そちらは人数も疎《まば》らである上、老中や若年寄は行列を整えて登城するため、仰々しい装備の者が大挙して控えていたりすると、居心地の悪いことこの上ない。

それ故銀二は、下流から中流の旗本家の者たちが屯《たむろ》する中之口のほうで待つことにしている。

(それにしても……)

三郎兵衛の考えていることは漠然と理解しているが、これぱかりは無謀ではないかと銀二は思う。

三郎兵衛が銀二を供に連れて登城するのは、何処かで彼らを見張っているであろう者にわざわざ見せつけるためにほかならない。だが、三郎兵衛は忘れている。赤坂御門のすぐ近くにある松波家の屋敷から城中までは、ものの四半時とかからない。人目につく機会自体が、さほど与えられているとは言い難いのだ。

その程度の距離と時間の中で、「なにか気になること」が起こると、三郎兵衛は本気で信じているのだろうか。

(三日が五日……たとえ十日通ったとしても、なんにも起こりゃあしねえよ)

銀二は銀二で、タカをくくっていた。

「なにか気になることはないか？」

と三郎兵衛に問われるたび、

「いまのところは――」

遠慮がちに目を伏せるだけであったが。

四日目の朝、唐突にそれが覆《くつがえ》った。

気になることが、あったのだ。

（助松がいた――）

それも、あろうことか御堀のうちに。

外堀から内堀の御門に至るまで、武家屋敷ばかりが建ち並んでいる中、実は多少の町家がある。

三郎兵衛は敵の目を意識しているから、毎回違う道筋を通る。徒歩《かち》なので、小回りがきく。おそらく、その日の気分で道を選んでいるのであろう。武家屋敷の周辺ばかり通っていても意味はないので、できる限り町家を通るようにしている。

敢えて町家を通って登城する酔狂な旗本など、先ずいない。宿直と明け番を一日おきに繰り返す下級旗本たちであれば毎日決まった道を通る。老中口から出入りするような身分の武士は乗物を用いるのが常だから、当然狭い町家の路地など通らない。

だが、町家から行列を見物に来る者は少なくない。参勤の折ほどではなくとも、殿様を乗せた乗物は充分に美しいし、庶民にとっては格好の見世物だった。

そうした見物人の中に、そいつはいた。

裃《かみしも》姿の武士が通るというので折角見に来てみたら、徒歩侍が挟み箱を持った中間一人を引き連れただけのことだった。皆、がっかりして踵を返して行く中、そいつだけがこちらを凝視していた。

(あの野郎……)

最初は気のせいかと思った。次いで、この異なる感覚こそが、「なにか気になること」なのだと、気づいた。

気づくと忽《たちま》ち、銀二は行動を起こした。即ち、三郎兵衛を城の「老中口」まで送った後、踵《きびす》を返していま来た道を足早に戻ったのである。

五

「やっぱりてめえか、蜈蚣」

銀二を見ると忽ち踵を返して走り出そうとする《蜈蚣》の助松の襟髪《えりがみ》を、銀二はすかさず捉《とら》えて引き戻した。

とっくに逃げ出しているものと思ったのに、暢気に同じ場所にいた助松を、銀二は内心嗤《わら》っている。

「あ、兄貴」

「てめえ、どういうつもりだ？」

「どうもこうも、ひでえのは兄貴のほうだぜ。千住で置いてけぼりにしてくれてよう。あんまりじゃねえか」

「てめえこそ、眉唾《まゆつば》な話を持ってきやがったじゃねえか。あのとき、千住でぶっ殺してやってもよかったんだぜ」

「勘弁してくれよ、兄貴」

助松は忽ち卑屈な作り笑いで満面を染める。

「おいらにだって、柵《しがらみ》ってやつはあるんだぜ」

「どんな柵だ？」

低声《こごえ》で脅しつつ、銀二が助松を締め上げた次の瞬間、

「あんまり助松を虐《いじ》めるんじゃねえよ」

背後から、低くひそやかに囁かれる。

「そんな弱ぇ奴虐めたところで、おめえの気持ちはおさまらねえと思うぜ」

そいつが含み笑いの混じる言葉を吐くのと、

「ああ、おさまらねえよ」

言いざま、捕らえた助松の体ごと顧みて、銀二はその体を相手の体目がけて乱暴に投げつけた。

「うぎゃッ」

助松の体はあっさり地面に投げ出される。含み笑いの男は、助けもせず、すかさず身を避けたのだ。

「おいおい、あんまり虐めるなといった矢先に、ひでえじゃねえか」

「だったらてめえが助けりゃいいだろ、九蔵《きゅうぞう》」

銀二もすかさず言い返し、相手を見据えた。

《不知火《しらぬい》》の九蔵。銀二とほぼ同い年の盗っ人だが、一人働きの銀二と違って大勢の手下を使って一味を為し、その頭《かしら》を務めている。

銀二に負けず劣らずの強面《こわもて》で、笑えば即ち凄味が増す。

銀二なればこそ、間合いギリギリのところでまともに相対していられるが、もしこれが気の弱い者なら、逃げるか気を失っても不思議はない。

「久しいな、銀二。てっきりおめえは、もうとうの昔に三途《さんず》の川を渡っちまったもんだと思ってたぜ」

「生憎《あいにく》渡し銭の持ちあわせがなくて、追い返されたのさ」

「言ってくれりゃあ、いつでも貸してやったのによう」

「いいのかい。てめえのぶんがなくなるぜ」

「ははは…それは困るなぁ」

ひとしきり、挨拶代わりの憎まれ口をききあってから、両者はしばし沈黙した。

世の中に、これほど不気味な沈黙もないだろう。現に、地面に転がされた助松は、その苦情を述べることもなく、尻餅の体勢のままでジリジリと後退《あとずさ》っていた。

「俺はなぁ、おめえのことだけはずっと一目《いちもく》置いてたんだぜ、銀二」

九蔵は再び口を開いたが、既にその口辺からも言葉からも笑いが消えている。

「そいつは有り難えな。俺は、おめえなんざハナから大嫌いだったけどな、九蔵親分」

「だから、密偵《いぬ》に成り下がったのか」

「別に、成り下がったつもりはねえよ」

銀二は皮肉に嘯いた。

「薄汚え盗っ人稼業に嫌気がさしたのよ」

「俺は、一度だって薄汚え盗みをした覚えはねえぜ。人を殺《あや》めたこともねえ」

「おめえのやり方は充分汚え。閂《かんぬき》開けさせるために、店の女中や住み込みの手代を色仕掛けで誑《たら》し込んで、言うこと聞かせてるじゃねえか」

「それがどうした。一生男に縁のなさそうな醜女《しこめ》やうだつのあがらねえ屁みてえな野郎にいい夢を見せてやったんじゃねえか。感謝してもらいてえくらいだぜ」

「外道《げどう》がッ」

口中に怒鳴って九蔵の言葉を短く制してから、銀二は懐《ふところ》の匕首を無意識に握り直していた。

二人のあいだにいた邪魔な助松は既にいない。二人のやりとりが容易ならぬことに気づくと、さっさと逃げて行ったのだ。

銀二は兎も角、九蔵もまたそれを見逃した。ここに至っては、もう助松など、どうでもよかったのだ。

「俺が外道なら、てめえも外道だろうがよ、銀二ッ」

「ああ、外道だよ」

一旦跳び退《すさ》りざま、銀二は応えた。跳び退ったときには懐の匕首を最善の形に構えている――。

あとは、間合いに飛び込み、得物の切っ尖を敵の急所へぶち込めばいい。

おそらく、九蔵のほうも同様に思っていたことだろう。

「野郎ッ！」

「死ね！」

が、互いの刃は虚空を彷徨《さまよ》っただけで、どちらも相手の体を傷つけることはなかった。

「…………」

互いに身を退き、すぐ次の瞬間攻撃に転じられるよう身構えた。

「もう、いい加減にしてくれねえかな」

不意に、銀二には耳馴れた若々しい声がして戸惑った。

「あんたら、いつまでもぐちゃぐちゃ話してて埒があかねえから、路地の奥に隠れてた連中は、とりあえず先に片付けといたよ」

言いつつ、路地奥から姿を見せた勘九郎は当然呆れ顔である。

「あれ、九蔵親分の手下なのかな？……悪かったな、弱い者虐めしちゃって」

「若、どうして？」

「祖父さんからは、二本差しが大勢来たときだけ助太刀しろって言われてたんだが。……二十人もいたら、さすがに手こずるかと思って。でも、あれなら必要なかったな」

「え、ずっとあっしを見張ってたんですかい？」

「人聞きの悪いこと言うなよ。警護してたんだろ」

「そいつは、どうも――」

「ちッ」

勘九郎と銀二のやりとりに一瞬間聞き入ったものの、九蔵はすぐに気を取り直して踵を返した。即ち、そこから逃げ出すために――。

逃げると決めたら、勘九郎の背後に累々《るいるい》と転がっているであろう手下のことなど、一顧だにしない。

「…………」

一瞬の隙を衝いて銀二の脇をすり抜けるときに吐いた捨て台詞さえ、ろくに聞き取れなかった。

「追わなくていいのか？」

勘九郎が銀二に問うたのは、当然その一瞬後のことである。

「今日は…もういいでしょう。手下もいなくなったことですし……」

脇目もふらず、一目散に路地を駆け抜けて行く九蔵の背を、銀二はぼんやり見送った。

その迷いのない、見事な逃げざまを見る限り、後ろめたいことがあるようには到底思えなかった。大勢の手下を引き連れて銀二一人を襲うことに、なんの躊躇《ためら》いも感じぬ男の背中に相違なかった。

第三章　罠

一

《不知火《しらぬい》》の九蔵。

年の頃は銀二とほぼ同じ。

一時は、関八州だけでも、ひと声かければざっと五十人以上の手下が集まるといわれた《不知火》一味の頭《かしら》であり、銀二との仲は格別良くも悪くもない。

本人も言ったとおり、盗みの際に殺しや暴行をおこなわぬところは感心だが、銀二が曝《あば》いたように、腕のいい誑《たら》し役を使って、お店の使用人を徹底的に誑し込む。

男には女を、女には男をあてがい、身も心も骨抜きにしてしまう。そうしておいて、飯に眠り薬を混ぜて使用人を眠らせ、閂《かんぬき》を開けさせ、金蔵をはじめ、金目のものの在処《ありか》まで案内させせる。

　盗っ人の手伝いをさせられてしまった以上、当然その者は誑し役の男、或いは女と一緒になれると信じている。盗っ人の身内として生きていく覚悟もしていよう。だが、誑し役が夢を与えるのはそこまでで、盗みがすめば即ち姿を消し、金輪際《こんりんざい》現れることはない。利用されただけだということを漸《ようや》く覚って後悔したところで、あとの祭りだ。気がつけば、己も立派な罪人となっている。

　それ故、色仕掛けで誑し込まれて盗っ人の手先にされたことを人に知られぬよう、薄氷を踏む思いで生きていかねばならない。とんだ罪づくりというものである。

　が、盗みのやり方は人それぞれだ。

《不知火》一味のような大所帯を養うためには多少汚い真似もしなければならない、ということは銀二にも理解できる。

　互いの存在を知ってはいても、直接関わり合うことはなかったし、関わりたいと思ったこともなかった。

　当然怨みを買う謂《い》われはなく、寧《むし》ろ九蔵が黒幕であったことが、銀二には些《いささ》か奇異に思えたくらいだ。

「では何故、その九蔵とやらが、そちをつけ狙うのだ？」

三郎兵衛から問われても、

「さあ……あっしがお上の密偵になったのが許せないんじゃねえですかね。それくらいしか、考えられません」

曖昧に首を傾げながら答えるしかなかった。

「だけど、別に九蔵の怨みを買ったわけじゃないんだろ？」

勘九郎も興味津々《しんしん》に問うてきた。

「あっしはそのつもりでも、もしかしたら、どこかで恨みを買っていたのかもしれません」

「相手の勘違いとか？」

「さあ…どうでしょう」

「だとしたら、おかしくないか？」

「なにがです？」

「銀二兄《にい》に身に覚えがない程度のことで、こんなに大掛かりな罠を仕掛けるかな。九蔵は、元々銀二兄を高尾の武田屋敷まで連れてくつもりだったんだろ？」

「…………」

勘九郎の言葉をゆっくり咀嚼《そしゃく》するように少しく考え込んでから、

「もしかしたら、九蔵は本気で武田屋敷の金を狙ってたのかもしれません」

銀二は漸くそのことに思い当たった。

千住で助松から話を持ちかけられた際にはなんとも胡散臭《うさんくさ》く、到底信じがたかったが、もし九蔵自身がその話を本気にしていたとしたら、どうだろう。

九蔵は、武田屋敷が公儀お庭番によって仕掛けられた遠大な罠であることなど、知る由《よし》もないのだ。銀二だって知らなかったのだ。

銀二の心の動きを読み取ったかのように、

「どういうことだ？」

そのとき三郎兵衛がゆっくりと問い返した。

「大勢の手下を抱える《不知火》一味ですが、実は一皮剝けば食い詰めた素人《しろうと》が殆《ほとん》どなんです。人知れずお店に忍び込む能力なんかねえもんだから、誑し役を使って使用人の誰かを誑し込み、鍵を開けさせるんです」

「つまり、お前と同様、盗みの際に人は殺さぬというわけだな」

「ですが、謎に包まれた武田屋敷では、誑し役を使うこともできません。それで、あっしを仲間に引き込もうとしたんじゃないかと」

「なるほど。お前ほど見事に忍び込める者はなかなかおらぬだろうからのう」

三郎兵衛は深く頷きながらも、ふと首を傾げて言う。

「だが、もし九蔵が本気で武田屋敷の金に目をつけ、お前に協力してほしいのであれば、《蜈蚣《むかで》》などを使わず、自らそう申し出るべきではないのか？　少なくとも、儂《わし》が九蔵であればそうするぞ」

「え？」

「お前が千住で《蜈蚣》をまいて逃げたのは、そこに危険を感じ取ったからであろう。そうだな？」

「はい」

「ならば、九蔵には矢張りなんらかの企みがあったのだ。そうでなければ、お前は《蜈蚣》の話を聞き入れた筈だ。……いや、一旦聞き入れるふりはしただろう」

「そうで…しょうか。あっしは九蔵ってやつをよく知りやせん。一度も、連《つる》んで仕事したことがありやせんので」

「ということは、九蔵もまた、お前のことをよく知らぬわけだな」

「まあ、人づてに聞くくらいでしょうか」

「ならば、何故九蔵はそんな相手を仲間に引き入れようとしたのだ？　盗っ人の技に優れた者なら、他にも大勢いるだろう」

「それはそうですが……」

「お前を引き込むよう、誰かが、九蔵に吹き込んだ。……或いは九蔵は、何者かに操られているのではないのか？」

「まさか！　九蔵は根っから親分気質《かたぎ》の男です。誰かの言いなりになるなんてこたあ、金輪際あり得ません」

「なるほど、一度も連んで仕事をしたことはなくとも、人づてに聞くだけでそこまで相手のことをよく知っておるのだな」

「あ……」

三郎兵衛の言葉に、銀二は即ち覚る。

確かに、連んだことはなくとも、互いに長く同じ稼業に手を染めていれば、相手についてのさまざまな噂を耳にする。連むどころか、酒の一つも酌《く》み交わしたこともないくせに、互いの人となりをよく知っている。

盗っ人の世界に限らず、兎角《とかく》人の世とはそういうものだろう。

それを、三郎兵衛は銀二にわからせた。

九蔵が追跡者の黒幕であったという事実の意外さに狼狽した銀二が、少々冷静を欠いていると察したためだろう。

少し頭を冷やせば、わかることだ。

銀二が奉行所の密偵だと、わざわざ九蔵の耳に入れた者がある。

銀二の人柄を人づてに聞いていた九蔵は半信半疑であったが、それ故にこそ、今回の一件が起こった。親分気質の剛毅な九蔵がなによりも嫌うのは仲間の裏切りだ。銀二は別に九蔵の仲間ではないが、密偵になるなど、長年己の糊口をしのいできた盗っ人稼業や稼業上の仲間に対する裏切りであり、到底許される行為ではない。

銀二が、《蜈蚣》の助松の誘いにあっさりのるようなら、銀二は密偵ではない。だが、「誘いにのらずに逃げれば即ち密偵である証拠だ」とでも、その者は九蔵の耳に吹き込んだのかもしれない。

お上の御用を務める者が、盗みに加担するわけがないからだ、と言われれば、九蔵のような単純な男はあっさり信じるだろう。

信じれば即ち、裏切り者を殺せ、という流れになる。九蔵に吹き込んだ者は、当然それを願っていた。

思案の末に、銀二は漸《ようや》くそこまで察した。

そんな銀二の心中を、三郎兵衛は注意深く観察している。

「だとすれば、お前はなにをすればよい、銀二？」

「九蔵を…裏で操ってる者を探り出します」

「どうやって？」

沈みがちの声音で辛うじて応える銀二に、情け容赦なく三郎兵衛は問い返す。

「それなりの伝手《つて》はございます。……どうかご心配なく」

心ここにあらざる様子で一礼し、銀二は去った。

千住で判断を誤ったことが、より面倒な事態を招いてしまった。そのことへの悔恨が、蓋《けだ》し銀二を嘖《さいな》んでいるのだろう。

（出て行く…のだろうな）

それを思うと、三郎兵衛の心中も些か重苦しい。

三郎兵衛の居間を辞去した銀二は、一旦中間部屋《ちゅうげん》に戻る。そこで装束を着がえて何処《どこ》に出かけるのか、それともそのまま一夜を過ごすのかは、最早《もはや》銀二の自由である。

登城の途中で《蜈蚣》の助松を見かけ、助松を追った末に《不知火》の九蔵を炙《あぶ》りだした事で、銀二を登城に伴った三郎兵衛の意図はほぼ完遂している。

だが、銀二が出て行った途端、勘九郎は忽《たちま》ち顔色を変えた。

「なんで止めねえんだよ」

「勘九郎——」

腰を浮かせて言いかける勘九郎の言葉と三郎兵衛の呼びかけが見事に重なる——。

それ故勘九郎は一旦口を閉ざし、改めて三郎兵衛に詰め寄らねばならなかった。

「なんであんなこと言ったんだよ、ジジイ」

「はて、あんなこととは？」

「九蔵を裏で操ってる者を探り出せ、なんて！」

「それは、銀二が自分で言うたのではないか」

詰め寄られて、当然三郎兵衛は困惑する。

「折角九蔵の手下を痛めつけたのに、銀二兄が自ら出向いたら、元の木阿弥《もくあみ》だろうが」

「九蔵の手下を、片づけたのではないのか？」

「片づけたっていっても、殺したわけじゃねえ。しばらく動けねえ程度に痛めつけただけだ。二、三日すりゃあ、また悪さができるようになる」

「なんじゃ、殺しておけばよいものを」

「二十人も一度に殺せるか！　俺は祖父さんとは違うんだよ」

「だからお前は甘いというのだ。青二才めが」

「うるせえな、蝮爺《まむしじじい》がッ」

「…………」

　三郎兵衛はさすがに苦《にが》い顔で口を噤《つぐ》む。孫にここまで悪し様に罵《ののし》られ、平静ではいられなかった。

「九蔵って奴は、銀二兄が密偵になったことが許せないんだから、これからもつけ狙ってくるんじゃねえのかよ」

「そうかもしれぬ」

「いいのかよ、このまま銀二兄を屋敷の外に出しちまってても」

「いいのかと言われても……銀二もよい年をした大人だ。出るなと言っても、出てしまうではないか」

「九蔵を裏で操ってるのが、とんでもない化け物だったらどうすんだよッ」

「では、お前が追え、勘九郎」

　勘九郎の強い語気を平然と受け止めて、三郎兵衛は命じた。

「…………」

　そのとき、勘九郎は一瞬間虚を衝かれた顔をした。それから僅かに表情が弛《ゆる》む。

「俺で…いいのか？」

「他に誰がおる。まさか儂が行くわけにもゆくまい」

「桐野とか……」

「なんでもかんでも、桐野にさせられるか。桐野は一人しかおらぬのだぞ」

「…………」

「それに、桐野には別の務めがある。銀二は身内のようなものだが、身内を優先して、公《おおやけ》の務めを怠《おこた》らせるわけにはゆくまい」

「じゃあ、しょうがねえな」

満更でもない顔つきで勘九郎は言い、三郎兵衛への挨拶もそこそこに祖父の居間を出た。

しかる後、慌てて走り出し、銀二のあとを追う。そのけたたましい足音が屋敷中に響くのもかまわず、勘九郎は一目散に銀二のあとを追った。

(やれやれ……)

三郎兵衛は深く嘆息するしかなかった。

三郎兵衛の内心の嘆きがわかったのだろう。

「よろしいのでございますか?」

鴨居の上に身を潜《ひそ》めていた桐野が、遠慮がちに問いかけた。

「仕方なかろう」

嘆息とともに、三郎兵衛は答えた。

「そもそも、もとはといえば、儂が悪い」

「…………」

「あやつにはああ言ったものの、暇があれば、気にかけてやってくれ」

「御意《ぎょい》」

短い返答とともに桐野も去った。

三郎兵衛の願いどおり、勘九郎を気にかけるために相違なかった。

中間部屋に戻った銀二が、中間の衣装から己の着物に着替えていると、やや息を切らせた勘九郎が駆け込んで来た。

「…………」

だが、着替えた銀二を心配そうに見つめるばかりでなかなか言葉を発そうとしない。

「なんです、若？」

湧き起こる苦笑を堪《こら》えつつ、仕方なく銀二が問うた。

「出かけるのかい？」

「いいえ、出かけませんよ」

遠慮がちな勘九郎の問いに、銀二は即座に首を振る。

「え、出かけないの？」

「いま何時《なんどき》だとお思いで？……四ツ過ぎから出かけるなんざ、それこそ盗っ人くれえなもんですぜ」

「だって、盗っ人じゃないか」

うっかり喉元に出かかる言葉を、勘九郎は呑み込んだ。

「で、若はあっしになんの御用で？」

「いや、出かけないなら、別にいいんだ。酒でも飲むかい？」

「いいですねぇ、是非――」

「飲むか？」

「いただけるもんでしたら、有り難く頂戴します。そういや若とは久しぶりじゃねぇですか」

「銀二兄、随分長いあいだ留守にしてたからなぁ」

銀二の口調がいつになく優しいので、勘九郎の緊張感は忽ちにしてほぐれた。

実のところ、二ヶ月ぶりに松波家に現れた中間姿の銀二には、違和感がありすぎてどうにも馴染めなかった。三郎兵衛からの言いつけには従ったが、あくまで遠巻きに見守るにとどめた。

だが、今日、《蜈蚣》の助松の存在に気づいた銀二が城からとって返して助松を捕らえ、その結果《不知火》の九蔵に行き着いた。

そのとき勘九郎は、銀二に向けられた多くの殺気を感じ取り、先回りをした。

殺気の出所は、待ち伏せ先の路地奥だった。

相手が二本差しのときだけ手を貸すように、という三郎兵衛の命《めい》に背《そむ》いたことに気づいたのは、すべてが終わった後である。

（え？）

気がつくと、勘九郎の足下には、二十人からの破落戸《ごろつき》が息も絶え絶えに転がっていた。全員、匕首《あいくち》や短刀を手にした破落戸ばかりで、二本差しの侍は一人もいない。

（実際にこれだけの人数を相手にしたら、銀二兄だってただじゃすまなかった……筈だ）

勘九郎は己に言い聞かせた。幸い、三郎兵衛もそのことに気づいてはいない。

ともあれ、危機を回避したという安堵から、勘九郎の気持ちは二ヶ月前に戻った。

即ち、ともに市中を徘徊し、吉原《よしわら》で豪遊する不審な客を見つけたりしたあの頃に戻ったのだ。

（明日から、また二人で市中見廻りだ）

そんなことを思いながら、勘九郎は厨《くりや》で酒肴の仕度《したく》をした。

温《あたた》めた酒と、あり合わせの肴《さかな》を盆に載せて中間部屋に戻ると、そこには既に銀二の姿はなかった。

「なんだよ」

落胆の呟きが思わず口から漏れた。

「やっぱり出てくんじゃないか」

そうなることを、全く予想できなかったわけではない筈なのに、何食わぬ銀二の様子にすっかり騙《だま》された。

（さすがに狡猾だよな、《闇鶴》の銀二——）

盆を置いてその場に座り込むと、勘九郎は堪えきれず、温めた徳利の注ぎ口に口をつけて飲めるだけ飲んだ。

口中に注ぎ込んだ酒は、存外甘く美味であった。

二

「甲州道中の囮《おとり》の荷駄隊は、八王子と駒木野宿《こまぎのしゅく》のあいだを虚しく往来しております」

桐野の報告が続いていた。

「季節柄、旅人の数も少ないためか、荷駄隊の噂はさほど人の口にのぼることもなく、当然気にとめる者もおりませぬ」

桐野の口調は終始変わらず、そのひそやかな声音も耳に心地よい。まるで巧者の奏でる琴の音にも似て、聞く者の気持ちを落ち着かせる。それ故三郎兵衛は、相対している桐野の口許《くちもと》ばかりを注視してしまう。

「このままでは、おそらく何事も起こらず内藤《ないとう》に達し、江戸入りしてしまうものと思われます」

「だろうな」

三郎兵衛はあっさり同意した。

「そもそも、次左衛門の言うとおり、尾張が関係しているとして、つい先日も三万両もの運上金をせしめたばかりなのであろう。そうそう金ばかり狙うものか」

「そのことでございますが――」

　桐野がふと声を落として言いかける。

「なんだ？　運上金の荷駄が襲われたというのは次左衛門の嘘か？」

「いえ、それはまことでございます。荷駄が襲われ、その荷が何処のものとも知れぬ大船に運び込まれたというのも、まことでございます。ですが――」

「なんだ？」

「奪われたのは、三万両ではございません。金子《きんす》のほうは五百両あまり。他には、将軍家に献上するための長崎土産《ながさきみやげ》などが積まれていたようでございます。賊は、すべての荷を持ち去りました」

「そうか。……しかしまあ、長崎土産であれば、高く売れるであろうしの」

　桐野から聞かされた金額に、三郎兵衛は少なからず動揺したが、桐野の説明はなお続く。

「それに、近頃では賊に襲われたときの用心に、御用金などを運ぶ場合、一万両以上の金子を一度に運んだりはいたしません。せいぜい五百両か千両を、他の荷と一緒に運びまする」

「そうなのか」

「はい。ですから、一度の強奪で賊が満足するかといいますと微妙でございます」

「何故だ？　五百か千でも、充分大金ではないか」

「目的にもよりますかと」

「目的？」

「下野守様が仰有《おつしや》るように、賊徒の企みが幕府転覆であれば、軍資金はいくらあっても足りませぬ」

「それはそうだが……」

どこまでも淡々と述べる桐野の言葉を聞きながら、三郎兵衛は無意識に首を傾げている。

（次左衛門めは、一体どこまで本気なのだろう？）

稲生正武が尾張家を目の敵《かたき》にするのはいまにはじまったことではない。

三郎兵衛はてっきり、稲生正武が目の敵にしているのは尾張家というより、前藩主の宗春であり、宗春さえ隠居すればすむ話だと思ってた。

ところが、宗春が隠居謹慎となったいまでも、相変わらず、すべての悪を宗春に押しつけようとしている。

あの魂胆ばかりは、三郎兵衛にもさっぱりわからない。

「実は――」

　例によって三郎兵衛の心中を読んだか、桐野は再び口調を改めた。

「上様の御膳に毒が盛られる少し前、下野守様も、ご自宅にて何者かに毒を盛られたのでございます」

「なんだと!?」

「その後も、何度かお命を狙われたようにございます」

「それはまことか?」

「はい。御乗物に仕掛けが施されていたり、烏《からす》に突かれたりすることが度重《たび》なったそうでございます」

「烏?」

「はい」

「烏は……偶々《たまたま》ではないのか?　鷹匠《たかじょう》でもあるまいし、烏を意のままに操れる者はまさかおるまい」

「それはわかりませぬ。……忍びの術者の中には、犬猫を飼い馴らし、意のままに操れる者もおると聞きます」

「そうなのか?」

「はい。……ですが、下野守様の身辺にもお庭番の目が光っておりますれば、如何な刺客と雖《いえど》も、容易にお命を奪えるものではございませぬ」

「まあ、そうだろうな」

「ですが、下野守様はすっかり狼狽《うろた》えてしまわれました」

「うむ」

「それ故に、むきになっておられるのだろうと思われます」

「さもあろう」

三郎兵衛は長嘆息した。

稲生正武とて、ただ己の命を惜しむが故にむきになっているわけではないだろう。本気で上様の御身《おんみ》を案じ、幕府のためを思っているのだ。それだけは信じてよい。

だが、思い込みの強さのぶん、やることなすこと、すべてが空回りしている。

「ですが、御前《ごぜん》――」

桐野が不意に語気を強めた。三郎兵衛の興味が薄れはじめたことを鋭く察した故だろう。

「黒幕が尾張様かどうかは別として、下野守様がお案じになられるような一味が存在するのは事実でございます」

声色口調は常のものながら、三郎兵衛の視線を強く見返して桐野は言った。

「それ故、下野守様の為されることも、強《あなが》ち的外《まとはず》れではないのでございます」

「………」

大真面目な桐野の言葉には、三郎兵衛はさすがに返答しかねた。

どう贔屓目《ひいきめ》に見ても、的外れ以外の何ものでもないではないか。

「御前は、どう思われます？」

「儂にはわからん」

三郎兵衛は即答した。

「次左衛門の言う一味とやらは、一体なんのために上様や次左衛門の命を狙うのだ？ 幕府転覆だと？ 本気か？ この太平の世に？」

思わず夢中で口走っていた。

眉一つ動かさずに桐野は聞いていたが、ふと、

「尾張様との関わりはしかとはわかりませぬが、一つ、奇妙なことがございます」

「なんだ？」

「宗春様の頃、尾張藩に出入りしていた御用商人の一人が、行方知れずになっておりますす。江戸と尾張の両方にあった店もたたんでおります」

「なんという店だ？」

「確か、尾張屋……」

「そのままではないか」

「それが、屋号は一つではないのでございます。確か、尾張屋の他に、天王寺屋《てんのうじや》、和泉屋《いずみや》などと号する店を何軒も所有しておりました、尾張一の分限者《ぶげんしゃ》でございます」

「で、何軒も店を持ち、一体なにを商っておったのだ？」

「呉服小間物から、薬種に瀬戸物まで、手広く扱っていたようで……」

「ふうむ……それだけ手広くやっていれば儲けはあるかもしれぬが、損も多いのではないか」

「さあ、それは……」

「大方、宗春めに御用金を貢ぎすぎて身代を潰したのであろう」

三郎兵衛は一方的に決めつけた。

「めでたく将軍の座に就いた暁には、将軍家御用達《ごようたし》の御用商人にしてやるとかなんとか、甘言を弄《ろう》して金を巻き上げたのだ。……だが、隠居した小僧は、目立ちたがりの派手好きというだけで、天下に対して格別の野心があったわけではない。尾張屋だか天王寺屋だかは、とんだ皮算用をしたものよ」

「しかし、他にも多くのお店が尾張様に金子を用立てておりますのに、何故尾張屋だけが跡形もなく消えてしまったのでしょう」

「さあ…それはわからんが」

一応考えるそぶりを見せたものの、三郎兵衛はその話題にはあまり興味がないようで、すぐ強引に話を戻す。

「宗春は、隠居させられたことを恨んでいるのだ、と次左衛門は言うが、奴を強引に隠居させたのは、実際には尾張家の家老どもだぞ。上様や次左衛門を恨むなど、御門《おかど》違いじゃわい。だいたい、なんだ。次左衛門だけ狙って、儂を狙わぬとは。……大方、この儂に恐れを成しておるのであろう。肝《きも》の小さい奴だ」

「あの、御前……」

「ん？」

「御前には申し上げていなかったのですが、実は――」

「なんだ、まだなにかあるのか？」

「はい」

「勿体ぶらずに、さっさと申せ」

極めて言いにくそうに口ごもる桐野を、三郎兵衛は厳しく促した。

「実は御前も、何者とも知れぬ者からお命を狙われておられます」

「え？」

「未然に防いでおりますれば、報告する必要はないかと思い、黙っておりました」

「なんだと！」

三郎兵衛は当然仰天した。

「どういうことだ！　未然に防ごうが防ぐまいが、報告すべきではないかッ！　狙われている本人に黙っておるとは、どういう了見だッ！」

しかる後、激昂した。

「申し訳ございませぬ」

桐野は素直に詫びを言う。

「下野守様のときと同様、御乗物に細工が為されておりましたが、御前はお出かけの際、御乗物を使われませぬ故、知るのが少々遅れました」

「乗物に細工……どのような細工なのだ？」

「六尺《ろくしやく》が御乗物を持ち上げた途端、乗物の両側面より毒を塗った刃が飛び出す仕掛けでございます。忍びの者がよく用いる仕掛けでございます」

「なんと！……そんな仕掛けをされて、次左衛門めはよく助かったものだな。あやつは毎日、登城の際には乗物を使っておるぞ」

「下野守様は用心深い御方でございますから、必ず、先に人を乗せて異常がないか、毎回ご確認なされるそうでございます」

「なに！　では、その確認した者が身代わりになったのか？」

「幸い、毒に耐性のある伊賀者であったため、事無きを得たらしゅうございます」

「伊賀者？　お庭番の中には、伊賀者もおるのか？」

「いいえ。伊賀者は、下野守様が私的に雇い入れておられる者たちにございます」

「私的に？」

「大身《たいしん》のお旗本には珍しくございません。身辺を警護させるのに、あらゆる暗殺の技に通じた伊賀者ほど適した者はございませぬ故」

「なるほどのう」

「大目付になられ、お庭番の警護がつく以前から、下野守様のお屋敷には伊賀者がおりました。それ故、以前からお屋敷にいた伊賀者と御公儀のお庭番とのあいだに軋轢《あつれき》が生じておるようです。大変やりにくいと、下野守様のお屋敷におります朋輩《ほうばい》がこぼしておりました」

「なるほど、縄張り意識というやつよの。何処《いずこ》も同じじゃな」

三郎兵衛は妙に感心する。

「で、当家の乗物に細工をした者の正体はわかったのか？」

「先月、植木屋の見習いとしてお屋敷に参った者でした。迷ったふりをしてあちこち歩きまわるなど、如何にも怪しゅうございましたので、目をつけておりました」

「伊賀者か？」

「それはわかりませぬが、忍びには違いありませぬ。御乗物に細工をした後、お屋敷内に潜伏し、御前に毒を盛ろうとしたところを捕らえました」

「捕らえたのか」

「捕らえましたが、残念ながら、すぐに自害されてしまいました」

「すぐに？」

「口中に、毒を含んでいたのでございます。捕らえられた際、強く嚙めば毒がまわるよう細工されていたのでございましょう」

「また、細工か」

三郎兵衛は無意識に舌打ちした。

「忍びは細工が好きじゃのう」

「恐れ入ります」

「それで、何処の忍びかは結局わからずじまいか」

「はい」

「その後は?」

「…………」

桐野は無言で首を振る。無念そうに唇を噛んだ顔も、存外美しい。

「その後は、なにも仕掛けてこぬのか?」

「いまのところは。……あれきり、諦めたとも思えませぬが」

「では、矢張り銀二の線からあぶり出すしかないか……」

「そのことでございますが」

「ん?」

「銀二殿をこのお屋敷から出してしまって、本当によろしかったのですか?」

「なんだ、今更――」

「あの御方がひとたび姿を消してしまわれると、我らですら、捜し出すのが困難になります。此度も、たまたま我らが高尾山中にてあのように網を張っておらねば、見つけることはできなかったかもしれませぬ」

「それならそれで、致し方のないことだ」

無感情な顔つきで、三郎兵衛は述べた。

桐野は意外そうに眉を顰《ひそ》める。

「銀二は、元々儂の配下でも家来でもない。儂の用を言いつかってくれておるのは、大岡様への御恩の延長のようなものだ。最早奉行所の密偵でもない以上、いつ儂の許を去っても不思議はない」

「それで……よろしいのですか？」

「致し方あるまい。儂には奴を縛り付けておく権利はない。……儂に嫌気がさせば、いつでも去ればよい」

「たとえ御前に嫌気がさしたとしても――」

言いかけて、だが桐野は、

「若に嫌気がさすことはございますすまい」

という後半の言葉を間際で呑み込んだ。

余計なことを口走って、徒《いたずら》に三郎兵衛を刺激することはない。

「なんだ？」

「いえ、たとえ御前に嫌気がさしたとしても、銀二殿は自ら去ったりなさらないかと存じます」

三郎兵衛に促されて、桐野は仕方なくいい加減なことを言った。

誤魔化しきれたかどうかはわからないが、それを聞くと三郎兵衛は僅かに苦笑した。

桐野にしては珍しく、根拠のない気休めを口にしたのは、三郎兵衛を慰めようとのことだろう。血も涙もない筈のお庭番から憐れまれるのも存外悪くないものだと思うと、無意識に口許が弛んで仕方がなかった。

三

漆黒の闇に、無数の憎悪が蠢《うごめ》いている。

一寸先も見えないというのに、人の悪意や殺気ばかりが感じられるのだから厄介だった。

切っ尖の冷たさと刺すような痛みが、常に背中と喉元にある。

そんな心地で、銀二は闇を行く。

甍《いらか》から甍へ。

ときに宙を舞い、空を駆けているとき、銀二はいつも、その闇が極楽にでも通じているかのような至福を味わう。

この稼業が、正真正銘天職であったのだと、今更ながらに銀二は思う。大恩ある人との約束で、もう金輪際盗みは働かないが、夜の闇を泳ぐことはやめられない。

そんな至福のときに、人の憎悪や殺気を感じ取らねばならぬほど、悲しいことはない。

その憎悪や殺気が、たとえ己に向けられたものではないとしても、だ。

その屋敷は、三百石ほどの旗本屋敷であろうか。灯《とも》り一つ点らず、一見《いっけん》空き家のようであるが、空き家ではない。

空き家であれば、闇間から殺気が漏れ出ているわけがなかった。

もとより、銀二の目には屋敷の隅々《すみずみ》までよく見渡せている。

複数の人影が不自然に蠢くのも、当然目にした。

(ったく、ご苦労なこった)

心中激しく舌打ちしつつ、銀二は屋敷の屋根づたいに移動した。

瞬《また》く間に表門のほうへと移動する。

敷地は約四百坪あまり。忍び入るには手頃な広さだ。五十を数えるまでもなく、目的地へと到達する。

長屋門を軽々と乗り越え、いまにもその屋敷に忍び入ろうとしている一団の前に立った。

「…………」

黒装束の盗っ人たちは当然目に見えて狼狽える。

「銀二、なんでてめえがここに⁉」

「やめとけ、九蔵」

驚く九蔵の間合いまで一歩というところまで近寄って、短く告げる。

「てめえ、どういうつもりだ！」

九蔵は当然激昂したが、

「屋敷の中は、武装した侍でいっぱいだ。そもそもこの屋敷は空き家だ。お宝なんざ、何一つありゃあしねえぜ」

「…………」

銀二の言葉に、一瞬間たじろいだ。

が、すぐに気を取り直すと、

「なんでてめえに、そんなことがわかるんだ」

十数名の手下たちを背後に庇う形で一歩進み出ながら、凄味のある声を出す。

「見てきたからだよ」

「え？」

「たったいま、屋敷の中をひと渡り見てきたからに決まってるだろうがよ」

「…………」

「だいたい、てめえみてえに慎重な男が、誑し役も使わずに、なんだってこんな怪しい屋敷に入ろうなんて考えたんだ。どうかしてるぜ」

「ここは、不祥事を起こして闕所《けっしょ》になった旗本の屋敷だ。道楽者だったから、金はなくても、値打ちの道具がごまんと土蔵に転がってるんだ」

「何処の誰から、そんな与太話《よたばなし》を吹き込まれた？」

「…………」

「闕所になったら、家財は根こそぎ没収だ。値打ちもんの道具なんざ、何一つ残ってるわけがねえだろ」

「なんだと？」

「そんなことも知らねえのか」

　とは言わず、銀二は一瞬言葉を躊躇《ためら》った。九蔵のように親分気質で気位の高い男には、面子《めんつ》を潰すような言い方はしないほうがいい。慎重に言葉を選んだ。

「大方、俺がお上の密偵《いぬ》だとてめえにご注進した奴にでも、吹き込まれたか？」

「…………」

無言ながらも、肉付きのよいその立派な体がビクリと反応したのは、図星だったからにほかなるまい。

「途端に元気がなくなったな。存外正直者じゃねえか」

「う、うるせえ」

言い返しながらも、九蔵の声からは明らかに凄味が薄れていた。

銀二が指摘したとおり、存外正直な男であった。もし真っ昼間であれば、狼狽えて青ざめきった顔を存分に拝めたであろう。

しかし、銀二の目的は九蔵の面目をつぶして青ざめさせることではない。

それ故、気を遣いながら懸命に言葉を選んだ。

「兎に角、こんなとこからはさっさとずらかったほうがいい」

「な、なに言ってんだ、てめえ」

「いつまでもこんなとこをうろうろしてると、痺れを切らした中の奴らが出て来るんじゃねえのか」

「てめえこそ、なんだ、銀二。中の奴らとか、さっぱりわけがわからねえ……」

「てめえがまんまとはめられたってことだよ」

埒《らち》があかぬことに業《ごう》を煮やし、遂に銀二は言ってはならぬことを九蔵に言った。

九蔵は一瞬間狐《きつね》につままれたような顔になり、無言で銀二を見返した。しかる後、

「ああ？　この俺様がはめられた、だと？　馬鹿もやすみやすみ言いやがれ。ふははははは……」

豪快に笑いとばそうとしたまさにそのとき、屋敷の脇門がスッと開く――。

開くと同時に中から飛び出して来たのは、手に手に抜刀した襷《たすき》がけの武士たち、総勢二十名余。皆、被《かぶ》り物で顔を隠していた。襷がけに、袴《はかま》の股立ちをとって腰紐に挟むまではいいとして、頬被《ほおかむ》りは全く意味がわからない。が、少なくとも、屋敷勤めの武士でないことだけはわかる。

頬被りの武士たちの切っ尖は、当然九蔵らに向けられていた。

「な、なんだ」

「ほれ見ろ、案の定待ちくたびれて、あっちからおいでなすったじゃねえか」

銀二が激しく舌打ちしざま口走るのと、驚きすぎてろくに身動きもとれぬ九蔵が、

「畜生ッ！」

口中に激しく罵るのとが、ほぼ同時――。

次の瞬間には、半ば茫然と見返した九蔵を目がけ、一人の頬被りの武士が斬りかかった。

「うわッ」

反射的に後退《あとずさ》りざま、九蔵は懐《ふところ》の匕首を抜く。が、大刀と匕首とでは勝負にならぬということくらい、知っている。

知っているから、ジリジリと後退った。

だが、武士たちの動きは速い。

瞬く間に九蔵とその手下らを取り囲むと、為す術もない手下らを次々と斬殺しはじめる。手下たちは、

「ぎゃッ」

易々と斬られて絶命する者と、

「お頭ッ、これはいってえ、どういうわけです！」

「お頭ッ」

九蔵に問い質《ただ》す者と、逃げ惑う者との三者に別れた。

「話はあとだ。てめえら、逃げろッ」

九蔵は叫ぶと、自ら踵《きびす》を返そうとした。

が、その行く手には、別の武士が立ちはだかる。

「おい、ばらばらに逃げようとするな。一人一人狩られるぞ」

銀二がすかさず九蔵に囁く。

「こうなったら、ばらばらに逃げるしかねえだろうが」

「いや、そのへんの辻行灯《つじあんどん》の影にでも隠れて、下手《へた》に動かねえほうがいい」

「隠れてたって、見つかりゃ斬られるだろうがッ」

「兎に角、ばらばらにはならねえことだ」

「なんでだ？　かたまってたら、一方的にやられるだけじゃねえか」

九蔵は当然訝《いぶか》った。

こういうとき、人のあとには続かず、己の判断で己の逃げたいほうへてんでに逃げるのが逃走の鉄則だ。いつまでもグズグズとひと塊《かたまり》でいるなど、愚の骨頂である。

「これだけ囲まれたら、どうせ逃げられねえ」

焦る九蔵を、銀二は落ち着かせようと試みる。

「だから、焦るな」

「いや、一人ずつなら、隙を見て逃げられる筈だ」

「だから、ちょっと待てってって――」

「なんでだ？　さっきは逃げろと言ったくせに、今度はここで奴らに斬られて死ねってのか？」

「そうじゃない」

　内心迷いながらも銀二は言い募ったが、

「もう少し待てば助っ人が来る」

　という決定的な言葉を口にするのは、さすがに躊躇った。

　果たして、来なかったときどうするか。無責任な言葉を発する以上、己の発言には責任をとらねばならない。

（そのときは死ぬまでだ）

　銀二は覚悟を決めているが、九蔵を巻き込んでよいかという躊躇いはある。が、そもそもこうなったのも九蔵の自業自得《じごうじとく》だ。

（だいたい、なんでこんな奴、助けようとしてんだ、俺は——）

　勘九郎があとを尾行《つ》けて来ていることははじめからわかっていたが、敢えて気づかぬふりをした。或いは、こういうことがあるかもしれないと考え、危機に備えたのかもしれない。

　途中から、普通に歩くのが面倒になった銀二は、屋根の上へと跳躍した。

それが、最短で目的地へ着く方法だったからだが、勘九郎に銀二と同じ芸当ができるわけもない。

できない以上、それ以上の追跡を諦めるかもしれないが、勘九郎の気性を考えると、或いは諦めないかもしれない。

(若は目がいいし、土地勘もある)

ということに、銀二は期待した。

儚《はかな》い期待であるから、口に出すわけにはいかない。

(若なら、大丈夫だ。絶対に諦めねえでここまで来てくれる筈だ)

銀二が思うのと、

「あぎゃあ～あ！」

敵の一人が断末魔の絶叫を発するのとが、ほぼ同じ瞬間のことだった。

「ぬぎゃッ」

「ぐぐぉ～お」

すぐに別の絶叫がそれに続く。

武士たちのあいだを、目に見えぬ動揺がひた走った。なにしろ、月はおろか、星一つ瞬《またた》かぬ真闇である。

銀二や九蔵のような盗っ人であれば夜目がきくが、ただ夜目がきくだけで自在に動けるかといえば、そうでもない。

不意に鼻を撫でられてもわからぬような真っ暗闇の中では、人は無力であり、極力動きたくないと思うものだ。

頬被りの武士たちは、装束こそ武家風にしているが、普通の武士にしては些か夜目がききすぎた。闇の中でも的確に対象を見出し、斬りに行く。

その能力は、闇討ちを旨とする刺客《しかく》に特化していた。

(忍びだな)

銀二はひと目見てそう思った。

通常の二本差しでも厄介なのに、忍びの能力を有した者が相手では、ほぼ絶望的であった。九蔵とその一味が斬られているあいだに、己だけは逃れられる算段をしておかねばならない。

それ故、不意の襲撃者が武士たちを次々と仆《たお》しはじめたとき、すかさず手近な辻行灯の影に身を隠した。

銀二は別に、九蔵とその一味を本気で助けたかったわけではない。本当の目的は、九蔵を操っている者の正体を知ることだ。そのためには、ここで九蔵を死なせるわけにはいかないのである。

「なんだ、あの助っ人は？」

いつの間にか、九蔵が銀二の隣りに身を滑らせてきた。

「さては、この前、うちの奴らを使いものにならなくしてくれた坊やだな」

「………」

「見たとこ、旗本の若様って感じだが、おめえとどういう関係だ？」

命の危機が去ったことを膚《はだ》で感じるのだろう。九蔵の言葉つきからは最前までの緊迫したものが消えている。

「息子――」

「え？」

「みてえなもんだよ」

銀二ははぐらかし、九蔵は忌々《いまいま》しげに舌を打った。

そうするうちにも、

「ごぉごッ」

「ふぬぐぅ」

「がぁひゅ……」

断末魔の叫びは、依然として続いている。

はじめは二十人余りいた武士も、味方が次々と謎の死を遂げている現実を知り、尻込みしはじめていた。

そして遂に、彼らの周囲に一人の敵もいなくなったとき、

「あ〜、人使い荒いなぁ、銀二兄は。全然手伝ってくれねえんだから――」

闇の中から、耳に馴染みの朗《ほが》らかな声がする。

「遅かったじゃねえですか、若」

「…………」

闇の中で、勘九郎は少しく顔を顰《しか》めたようだった。さほど息は乱していない。

(あの人数を相手に、たいしたもんだ。どんどん御前に似てくるな)

銀二は内心それを頼もしく思う。

まるで、息子の成長を喜ぶ父親の心地である。三郎兵衛が知れば、複雑な気持ちになることだろうが、幸いいまはここにいない。

「この前のぶんとあわせて、礼を言います。おかげで助かりました」

「別にいいよ。祖父さんの言いつけでやってるだけだし――」

銀二に礼を言われたのが嬉しかったのだろう。言葉と裏腹、勘九郎は満更でもない

顔つきをした。

　が、すぐに気を取り直すと、

「いいの？」

「え？」

「九蔵たち、逃げてくけど――」

「あっ！」

　勘九郎に指摘されて、銀二は漸く、九蔵らの姿がその場から消えていることに気づいた。

「畜生、あいつら！　助けてやった恩も忘れて!!」

「助けたのは俺だろ」

「みすみす罠に嵌《はま》るのを、指を銜《くわ》えて見てるわけにはいかねえから、声をかけてやったんですよ」

「じゃあなんで追いかけないんだ？　このまま逃がしていいのかよ」

「いいんですよ。どうせ行き先はわかってますから」

「そうなの？」

「ええ、奴らのヤサはわかってます」

「屋敷を出てからまだ丸一日しか経ってないのに、もう調べてたんだ」

今度は勘九郎が感心する番だった。

さすがは《闇鶴》の銀二、仕事が早い。

最前、いきなり屋根の上に飛び移られたときは、てっきりまかれるのかと思い、焦ったが、落ち着いて銀二の行方を目で追っていたら、なんとか追い着くことができた。

我ながら、多少は尾行の腕があがった、と思う。

追い着いてみたら、まさに大勢の二本差しに囲まれていた。

勘九郎は迷わず抜刀した。

武士の風体《ふうてい》はしていても、彼らの刀の使い方は常の武士とは微妙に違っていた。

忍びだということはすぐに察せられたが、それにしてはあまり手応えがないことを奇異に感じた。

(なんだか、気の抜けたような奴らだったな)

おかげで瞬く間に仆《たお》せたが、勘九郎には釈然としなかった。

四

　《不知火》の九蔵一味の隠れ家ならば、わざわざ調べずとも、銀二ははじめから知っていた。

　一日市中を歩きまわって銀二が調べていたのは、九蔵が人を集めていないか、ということだ。先日、銀二を殺すために九蔵が連れていた手下は、勘九郎が使いものにならなくした。もし、すぐまた銀二を襲うつもりなら、新しい手下が必要になる筈だ。

　それで、九蔵と繋がりのありそうな者を街中で見つけては片っ端から聞いて歩いた。

　その際銀二は、

「急に金が入り用になった。九蔵親分の仕事なら間違いねえから、繋ぎをとっちゃくれねえか」

　と、顔見知りの同業者たちに告げた。

　だが、彼らから返ってくるのは、

「九蔵親分は、当分盗みはしねえと思うぜ」

　というものだった。

九蔵は、少し前までは腕っ節の強い男を大勢募っていた、という。銀二を襲うための人数を募っていたのだと思うと、無意識の苦笑も漏れるが、残念ながらそちらの計画は失敗した。

だが、一度の失敗に懲りず、すぐまた人を募って襲ってくるかもしれない。それで探りを入れてみたのだが、九蔵は当分盗みをしない、という。

九蔵は、家族を皆殺しにするような強引な押し込みはおこなわない。誑し役の者を使って長い時間をかけ、目をつけた店の使用人を誑し込む。誑し込んだ使用人に鍵を開けさせ、労せず押し入り、千両箱や金目のものを運び出すやり方だから、腕っ節自慢の屈強な男などは必要ない。気心の知れたいつもの仲間がいれば、それでいいのだ。

(だが、人を集めてないからといって、盗みをするつもりが全くないとは限るまい)

そう思ったので、銀二は餌をまいてみたのだが、その甲斐あって、何人目かの知り合いに会ったとき、耳寄りな話を聞くことができた。

「ああ、ちょうどよかった。九蔵親分から、急に人手が要るって聞いたばっかりなんだ。銀二兄貴なら、申し分ねえや」

口入れ屋の主人という表の顔をもつその初老の男は言い、

「すぐに繋ぎをとるから、明日また来てくんな」

嬉しそうに銀二に告げた。

（急ぎ仕事だな）

と、銀二は察した。

どうやら、銀二への制裁は中止して、江戸を出なければならぬ事態が出来《しゅったい》したようだ。

そのための急ぎ仕事であろう、ということまで、銀二は瞬時に理解した。

（江戸を出られちゃまずいな。なにをするつもりか知らねえが、邪魔してやろう）

と考え、銀二は九蔵の子分の動きに注目した。

九蔵は、絵図面の太い線だけひいて、細部はほぼ手下任せにするような親分だ。

つまり、盗みの直前に動きまわるのは腹心の部下ということになる。盗みを完遂するために最も肝要なのは、逃走経路の確保である。お宝を盗み出して、すんなり逃走できねばなんの意味もない。

そのために、目的のお店――或いは屋敷の周辺を入念に調査する。

（なんだ、あの空き屋敷は？）

九蔵の腹心の一人が終日張り付いていたのは、無人の武家屋敷であった。

三百石ほどの旗本屋敷であろうか。人が住まなくなって数年を経ていることはひと目見てわかった。要するに、無人の空き屋敷だ。

九蔵の手下どもは、その空き屋敷のまわりをぐるぐる回り、あたりを入念に探っている。空き屋敷に入って、一体なにを盗み出そうというのか。

(それとも、盗みじゃねえのかな)

半信半疑ながらも、銀二はその夜その屋敷を目指した。

盗みに入る頃おいの時刻まで広小路で暇つぶしをしていると、勘九郎が来た。終日銀二を捜しまわっていたことは一目《いちもく》瞭然であったから、そのまま気づかぬふりで尾行《つ》けさせた。

そのおかげで、まんまと助けられた。否、助けさせた。

「へぇ、大盗賊の隠れ家って、はじめてだな」

例によって、勘九郎は興味津々であった。

「大盗賊ってほどのもんじゃありやせん。しょぼいこそ泥ですよ」

「そうかな。だって、手下が五十人もいるんだろ。大親分じゃないか」

「昔のことですよ。いまじゃ昔からの手下なんざ、五人もいませんや」

「なんで?」

「あの性格の悪さですよ。誰もついてきやしませんせん」

「昨夜もその前も、大勢いたじゃないか」

「それは急場凌ぎに金で雇った奴らですよ。その証拠に、若が片手でひねれるくれえ、弱かったでしょう」

「弱かったから、俺でも軽くひねれたって言いたいのか？」

勘九郎は些か憮然とする。

「いくら弱くても、二十人もいれば結構骨が折れるんだぞ」

「わかってますよ。……昨夜の二本差しだって、あれ、忍びでしょう。あの人数の忍びをあっという間に……腕あげましたね、若」

銀二は慌てて言い募ったが、

「それが、妙なんだよなぁ」

勘九郎はそれを喜びもせず、頻りに首を傾げている。

「なにが妙なんです？」

「前に、祖父さんと一緒にいるとき忍びに襲われたことがあるんだけど、そんときの忍びはもっとこう……祖父さんでも手こずりそうなほど強かったんだよなぁ」

「御前が手こずったんですかい？」

「いや、実際にはそれほど手こずらなかったけど。……迫力とか動きとか、全然違うんだよなぁ。……そう、あのときの忍びは、全員の動きが見事に揃ってたけど、昨夜の奴らはてんでばらばらだったなぁ。同じ忍びとは思えないよ」

「剣術と一緒で、忍びにも、いろんな流派があるんでしょう。前に若が出会った忍びとは、流派が違うんでしょうよ」

「それはそうなんだけど……」

言い合ううちにも、二人はその家の門口に立つ。

洒落《しゃれ》た格子戸の感じなど、盗っ人の隠れ家というよりは、大店《おおだな》の主人が妾《めかけ》でも囲っていそうな家である。銀二はいきなり格子戸に手を掛けて引き開けると、無遠慮にずかずかとあがり込む。

「おい、九蔵、邪魔するぜ」

「………」

すぐに子分が飛び出して来たが、銀二と勘九郎を見ると困惑してその場に立ち尽くした。

銀二は彼らを押し退け、家の奥へと入って行く。

といっても、それほど広い家ではない。入口をあがってすぐ隣りの部屋に、九蔵はいた。火鉢にあたりながら、酒を飲んでいる。そのふて腐れた様子をひと目見て、

「呆れたな、まだいたのか？」

大仰《おおぎょう》に顔を顰めながら銀二は問うた。

「ご挨拶だな。てめえを待ってたんじゃねえか」

「そりゃあ有り難えが、まんまと騙されて、殺されかけたんだぞ。とっととずらかるか、せめてヤサを変えるかするべきだろうが」

「そんな必要はねえよ。ここは大丈夫だ」

「どうだかな」

銀二は呆れて嘆息した。

銀二が容易に突き止めた隠れ家だ。九蔵を裏で操った挙げ句、無用となったら騙し討ちにしようとするような悪達者に、突き止められぬわけがない。

(強面《こわもて》のくせに、とんだ見かけ倒しだな)

銀二の心中など夢にも知らず、

「これはこれは、若様も来てくれたんですかい」

銀二の後ろから入って来た勘九郎に向かって馴れ馴れしい言葉を投げる。

「ああ、邪魔するよ、親分さん」

悪びれもせず、勘九郎は応じた。

それもまた、三郎兵衛が内心案じる勘九郎の宿痾《しゅくあ》——否、才の一つであろう。誰の心でも瞬時にとかして、十年来の知己《ちき》であるかの如く錯覚させてしまう。

このときの九蔵がまさにそれだった。

「若様も一杯やりますかい？」

己の手中の猪口《ちょこ》を差し出しながら、勘九郎に笑いかけた。

「やるわけねえだろ、この野郎。なんで若が、てめなんぞの酒を——」

「なんだと、この野郎ッ」

「文句あんのか、この野郎ッ」

強面の二人が口汚く言い合うのを聞いて、勘九郎は忽ち笑顔になる。

「若？」

「いや、二人が、こんなに仲良しだと知ってたら、親分の手下をあんなに痛めつけるんじゃなかった、と思って」

「…………」

銀二と九蔵とは、ともに顔色を変えて勘九郎を見たが、どちらも、咄嗟《とっさ》に言葉が出なかった。勘九郎の言うとおり、存外気があっているのかもしれなかった。

第四章　甲州路に消えた

一

《不知火《しらぬい》》の九蔵がその男にはじめて会ったのは、いつだったろう。

ひと月前と言われればそんな気もするし、半年前と言われれば、そうかもしれない、とも思う。

そのあたりの記憶は曖昧《あいまい》だった。元々、もの覚えはあまりよくない。

ただ、出会ったのは、大勢の集まる賑やかな場所だったように記憶しているから、おそらく賭場《とば》か、芝居小屋である。

「《不知火》の九蔵親分ですね？」

一見、生真面目《きまじめ》な手代風の中年男から、九蔵はふと声をかけられた。

小柄というほどではないが、やや小ぶりの中肉中背。見たところ、堅気《かたぎ》としか思えぬ風情の男だ。同業の匂いは微塵もせず、かといって、岡っ引や目明しのような捕り方とも思えない。白紺《しろこん》の棒縞《ぼうじま》の着物も、さほど上等そうではない。

年の頃は三十半ばから後半。若く見えるが、実は意外といっていて、或いは四十を幾つか過ぎていると言われればそう見えぬこともなかった。

年齢も職業も、全く不詳な男であった。

そんな男から唐突に声をかけられた九蔵は、瞬時に警戒した。街中で出会った見ず知らずの者からいきなり正体を見破られたのだ。九蔵のような者でも、さすがに危険を感じぬわけにはいかない。

「誰だ、てめえ？」

それまでの上機嫌が瞬時に醒め、凄味のある声音で問い返した。

並の者なら、九蔵のそんな顔を間近で見、その声を間近に聞けば、忽ち《たちま》怯《おび》えて口がきけなくなる。最悪、腰を抜かす者さえいる。

だが、その男は違っていた。

「名乗るのも烏滸《おこ》がましいような、ただのチンピラですよ。伝説の親分さんをお見かけして、つい嬉しくなって声をかけちまいました。お気を悪くなすったなら、どうかお許しを」

　その男は、忽ち頭《ず》を低くし、愛想の良い笑みを満面に滲ませると、立て板に水で言い返す。

「別に、気を悪くしちゃあ、いねえよ」

　童《わらべ》のような笑顔を見せられてしまうと、九蔵はすぐに気をよくした。「伝説の親分」という見え透いた阿諛《おべつか》が気に入ったからに相違なかった。

「で、そのチンピラが、俺様に一体何の用だよ？」

「用も何も……親分さんとお近づきになりたかっただけで……よかったら、一献いかがです？」

「なんだよ。ご馳走してくれるってのかよ？」

「親分さえよければ、紅梅楼《こうばいろう》に一席設けさせていただきます」

「紅梅楼たあ、豪勢じゃないか」

　半信半疑で男について行くと、座敷に豪華な酒肴《しゅこう》の用意がされており、まもなく艶《あで》やかな芸者もやって来た。

　見ず知らずの者から突然そんな歓待を受ければ、普通なら気味悪く思うものだが、九蔵は一向《いっこう》平気だった。

先ず、相手のことをなめきっていたし、他人が自分になにかしてくれることを当たり前のように享受できる人間である。僅《わず》かも疑うことなく、見知らぬ男のおごりで鯨《げい》飲《いん》した。

それから男は、屢々《しばしば》九蔵の前に現れた。

ときには、賭場で有り金残らず使い果たした直後に現れて、

「よかったら、使ってください」

と、惜しげもなく切り餅を握らせてきたかと思えば、芝居小屋で幕見しようと木戸前に並んでいると突然現れ、

「よかったら、ご一緒しませんか」

桟敷席に案内された。出番を終えた役者が何度か挨拶に来た。役者がわざわざ挨拶に来るのは余程の贔屓《ひいき》客である。

だが、そこまでされても、九蔵は一向に疑わなかった。

そういえば、なかなか名乗らなかったその男が、

「吉《きち》とでも呼んでください」

と言い出したのは、二～三度一緒に遊んだ後のことである。

「吉か。そいつは縁起がいいじゃねえか」

九蔵は無邪気に喜んだ。

吉は、己のことは何一つ語らぬまま、容易《たやす》く九蔵の懐《ふところ》に入り込み、いつしか全幅の信頼を得るようになった。

何処《どこ》に住んでいて、なにを生業《なりわい》にしているのか。何故いつも金回りがよいのか。果たして、年齢《とし》は幾つなのかさえ、九蔵は問い質《ただ》そうとせずに吉を受け入れた。

当然だろう。九蔵にとって吉はまさに福の神であり、神である以上、一切詮索する必要のない相手なのだ。

博打《ばくち》で有り金残らずすってしまったとき、黙って切り餅を差し出してくれる相手の一体なにを疑うというのか。

「いままでやった盗みの中で、一番でかいヤマはなんです、親分？」

「そうだなぁ。お店《たな》の格でいえば、日本橋《にほんばし》の越前屋《えちぜんや》かなぁ」

「越前屋？　両替商の？」

「ああ、あそこは、店の構えもでけえし、土蔵も立派だったぜ。千両箱の数もはんぱなかったなぁ」

吉に訊かれると、稼業のことまでなんでも話して聞かせるようになるまで、たいしてときはかからなかった。

「親分は、一度の盗みで奪う上限を決めてて、それをきっちり守ってるんですってね？　本当ですか？」

「ああ、お店の身代が傾くほど盗んじゃいけねえってのが、先代の教えだったからな」

「けど、いざ小判の山を目の前にしちまったら、目が眩《くら》んでも仕方ないでしょう。先代の教えに背《そむ》いても、根こそぎいただこうと思ったことはないんですかい？」

「根こそぎいただきてえと思っても、根こそぎいただくにはそれなりの人数が要るんだよ」

「だったらはなから、それなりの人数で押し入ればいいでしょうに」

「それなりの人数を揃えたらな、それなりの分け前が必要になるんだぜ、吉。……あの親分は、手下にろくに分け前もやらずに独り占めしてるなんて噂が広まったら、金《こん》輪際《りんざい》手下が集まらなくなるんだよ」

「なるほど。関八州で一番といわれる一味の親分は苦労が絶えませんね」

「ああ、そのとおりだよ」

九蔵は満足げに頷くのが常だった。

吉と話していると、心の底からうち解けて、躊躇《ためら》うことなくなんでも口にすることができる。隠し事なく、心に思うことをなんでも口にできていれば、目に見えぬなにかに抑圧されることもなく、精神的には健全だ。

実際九蔵は、吉と知り合ってから、以前にも増して傍若無人《ぼうじゃくぶじん》になり、童子の如く朗《ほが》らかになった。

もし九蔵に、心から気を許せる腹心がいれば、これほどあからさまに胡散臭《うさんくさ》い者につけ入られることもなかっただろう。

そもそも、親分思いの腹心であれば、明らかに怪しいと思った時点で排除しようとする筈だ。そういう腹心を得られていないという点で、九蔵は不幸であった。

（誰にもわかってもらえねえ）

という不安に見舞われたのは昨日今日のことではない。

そんな九蔵の心の隙間に、吉は巧みに忍び入った。

「九蔵兄《あに》いの仲間に、《闇鶴》の銀二って人がいるでしょ？」

吉から問われたのは、いつ頃だったたか、正確な時期は覚えていない。そもそも、吉と知り合った正確な時期も覚えていなかった。

「銀二？」

九蔵はしばし首を傾げた。

長年この稼業に就いているくせに、九蔵は己以外の同業者のことにあまり詳しくない。

それ故、思い出すのに少々手間取った。

「《闇鶴》？《闇鶴》の銀二？……はて、誰だったかな？」

「確か、一人働きが得意だって……」

「ああ、あの銀二か。……別に仲間じゃねえよ」

と九蔵は答えた。銀二に対する思い入れは、この時点では皆無絶無であった。

「一緒に仕事をしたこともねえしな」

「そうなんですか？一人働きの盗っ人って、頼まれれば、どこの一味の仕事でも手伝うんじゃないんですかい？」

「吉は盗っ人のことに詳しいな」

「そりゃあ、憧れの九蔵兄いの稼業ですから」

「ははは……可愛いこと言うじゃねえか。けどな、銀二の野郎は正真正銘一人働きしかしねえ変わり者で、誰とも連《つる》まねえ」

「そうなんですか？でも、お縄になったときは、誰かと一緒だったって聞きましたが」

「あの野郎、お縄になったのか！　どおりで近頃とんと噂を聞かねえと思ったぜ」

「それで、お縄になってから、奉行所の手先になったって聞きましたよ」

「なに？」

何気《なにげ》ない吉の言葉に、九蔵はさすがに顔色を変えた。

吉が事情通過ぎることと、《闇鶴》の銀二がお縄になった挙げ句寝返って奉行所の密偵《いぬ》になったということの両方に、驚いたのだ。

「いいんですか、九蔵兄い」

「なにがだ？」

「密偵になったら、昔の仲間を平気で売るんでしょう。親分も売られちまうんじゃねえですか」

「簡単に売られるほど、俺ぁ、安かねえよ」

九蔵は一向気にかけなかったが、吉は執拗だった。

「親分は安かねえでしょうが、密偵になるような男の節義は紙より薄いに決まってますよ。なにするか、わかりませんよ」

口を極めて、危機感を煽《あお》った。

「やられる前に、やるんです。やられてからじゃ、遅いんですよ」

「だから、なにをやるんだよ？」

「親分の恐ろしさを、思い知らせてやろうじゃありませんか」

そこから先の、吉の話の運びは、ほぼ銀二が想像したとおりのものだ。銀二が油断しそうな奴——蜈蚣の助松を囮に使うという策も、吉の肚《はら》から出たものだった。但し、吉にも多少計算外のことはあったのだが。


「で、その吉って野郎は、一体何者なんだ？」

「何者って言われても……吉は吉だ」

銀二の問いに、九蔵は困惑した。

「何処に住んでて、なんの商売をしてるんだよ？」

「知らん」

「え？」

銀二は耳を疑った。

吉というのは、謂わば符号のようなもので、本当の名ではないだろう。

相手の名も知らず、なにを生業にしているのかもこちらは知らぬのに、己の名や生業はすっかり知られている。これ以上危険なことがあるだろうか。

ところが九蔵は一向悪びれる様子もない。

「吉は、俺にとっちゃ福の神だ。福の神の素性なんぞ知る必要はねえ」

「正気か、てめえは？」

呆れ返る銀二には、最早《もはや》相手を傷つけぬよう言葉を選ぶほどの心の余裕は全く残されていなかった。

「何処の誰かも、素性もろくにわからねえ奴に金を出してもらって、よく平気でその金を使えたな。吉とやらが、奉行所のまわし者じゃねえかと疑わなかったのかよ？」

「疑うわけねえだろ。なんで福の神を疑うんだよ」

「…………」

銀二は一瞬間呆気にとられてから、

「結局、その福の神に、まんまとはめられたんだろうがよ」

遂に身も蓋《ふた》もないことを言った。

九蔵はそこではじめて言葉を失う。さすがに堪《こた》えているのだろうと思ったら、

「なにかの……間違いじゃねえのかな」

しばし後、珍しく気弱な口調で呟いた。

「まさか、吉に限って……」

「…………」

銀二は再び絶句した。

「だってあいつは、本当に俺のことを慕ってくれてたんだぜ。……もし、俺をはめたんだとしたら、なにか余程の事情があったんだろうぜ。可哀想によう」

「てめえ、馬鹿じゃねえのか」

とは言わず、銀二は無言で九蔵を見た。それまで一言も口をきかず、九蔵の話に耳を傾けていた勘九郎のほうへさり気なく視線を移すと、勘九郎もまた、九蔵をじっと見つめていた。この上なく、慈愛に満ちた表情で。

（九蔵の野郎を憐れんでんのか、若）

無論勘九郎は憐れんでいる。

手酷《てひど》く裏切られてもまだ信じようという直《す》ぐな心根は、到底海千山千の盗賊の頭《かしら》のものとは思えなかった。

（まるで、はじめて男に惚れた未通女《おぼこ》みたいだ）

と勘九郎は思い、思うと忽ち噴き出しそうになるが、辛うじて堪えた。

凶暴な野武士か荒れ狂う猛獣のような九蔵の顔は、純情な未通女とは凡《およ》そほど遠い。

だが、こみあげる笑いを堪えつつ、勘九郎にはわかったことがあった。

見かけは猛獣でも心は未通女の九蔵は、吉という男にとって、さぞや扱い易い相手だったであろう。労せず手玉にとることができたに違いない。

(九蔵のように与《くみ》し易い男なら、生かしておいてもさほど害はないはずだ。それを、最早必要なくなったからと、あっさり殺してしまおうとするとは、《吉》って奴は、余程冷酷な男のようだな)

ただ一つわからないのは、その冷酷な男の用意した刺客が、いまひとつ実力のともなわぬ連中だったことである。

もし、桐野級の忍びが二十人用意されていたとしたら、勘九郎一人ではどうにもならなかったかもしれない。

が、吉の計画は、あくまで九蔵とその一味を空き家に誘い込んで始末する、というもので、そこへ銀二や勘九郎が助けに来るというのは想定外だった筈である。

(九蔵とその一味なら、あの程度で充分てことなのかな?)

ぼんやり思案する勘九郎の隣りでは、

「おめえ、そんなんでよく、頭が務まったなぁ」

銀二がしみじみとした口調で九蔵を諭《さと》しはじめる。

「だいたいおめえは、道楽が過ぎるんだよ。いい年こいて、酒だ博打だ女だと金のかかる遊びばっかりしたがるから、そんな野郎につけいられるんだ」

「親父みてえな説教するなよ」

九蔵は、いまやすっかり縮こまっている。

膝を抱え、大きな体を猫のように丸めていた。

「いや、親父にもしょっちゅう言われてたよ。てめえみてえな野郎は盗っ人に向いてねえから、さっさと足洗え、ってよ」

「なんだよ、おめえの親父さんも盗っ人なのかよ？」

「…………」

九蔵は少しく口を噤《つぐ》んでいたが、

「けどよう、高尾に親父の金があるって聞いたとき、俺は本気で取り戻そうって思ったんだぜ。…だから、おめえには本当に手を貸してほしかったんだ」

やがて訥々《とつとつ》と言葉を次ぐ。

「親父の金？」

「甲府城の御金蔵破りは親父の仕事だ。だからあの金は、俺が取り返さなきゃならねえんだ」

「おめえの親父さんて、《石渡《いしわたり》》の親分さんなのか？」

銀二はさすがに仰天した。

「おめえ、あの、《石渡》の親分さんの息子なのか？」

「なんだよ。悪いかよ。《石渡》の文蔵が俺の親父で悪いのかよ？」

銀二の反応に、文蔵は些かムッとしたようだ。

「だって、全然似てねえじゃねえか。……文蔵親分は、盗っ人とは思えねえくれえの人格者だし、決して殺生《せっしょう》はしねえ御方《おかた》だったし……」

「え？」

「俺だって、してねえよ」

「殺生は一度もしてねえよ。これでも、親父の教えは、しっかり守ってるんだ」

「ああ、確かに守ってるな」

銀二は仕方なく同意した。

だが、そこは確かに九蔵の言うとおりであった。

誑《たら》し役を使ってお店の使用人を誑し込んで言いなりにさせるやり方が、果たして文蔵親分の意にかなっているかどうかは別として、盗みの際に一人の死人《しびと》も出していないのは事実である。どこから見ても、口より手のほうが早そうな荒々しい男が、父親の教えをしっかり守っているのだとしたら、それは賞賛に値する。

（そうか。文蔵親分の息子だったのか、こいつ。言われてみれば、似てねえこともねえかもな）

銀二は自らを納得させた。

九蔵の親分気質と、見かけと裏腹の底の抜けたような大らかさは、確かに二代目特有のものかもしれない。

「それはそうと、文蔵親分は無事なのかい？」

心の波立ちが漸《ようや》く静まったところで、銀二は問うた。

「ああ、なんとか、生きてるよ」

苦《にが》い顔つきで、九蔵は答えた。

「けどな、もう昔みてえな働きはできねえだろうな。……五年前のあれが、名実ともに、最後の仕事だ」

「そうか。……惜しいな」

銀二はぼんやり口にしたが、九蔵は別の意味に受け取ったかもしれない。

「ったく、あいつら、許せねえ」

口中に呟きつつ、九蔵はいつしか、あからさまな憎悪を滾《たぎ》らせている。おそらく、話すうちに、文蔵を裏切ったという手下のことを思い出したのだろう。

「おめえは全く関わってねえのかよ？」

「え？」

「甲府城の盗みにだよ」

「ああ、この十年くれえ、親父の面《つら》もろくに見てねえよ」

「そうか。文蔵親分には以前世話になったことがある。落ち着いたら一度、見舞いに行かせてくんな」

「好きにしろよ」

「なあお二人さん、積もる話で盛り上がってるとこ悪いんだけど——」

それまで黙って二人の話に耳を傾けていた勘九郎が、つと二人のほうを向く。

「そろそろここを出たほうがいいな」

「え？」

「九蔵親分も、他に行くところがないなら、うちに来ればいい」

「なんで俺が？」

「そうですよ、若。そんなこと、勝手に決めたら、御前《ごぜん》に叱られます」

「祖父さんが俺を叱るわけないだろ。吉って奴を捜し出して連れてけば、褒めてくれるよ」

「ですが、こいつは札付きの悪党ですぜ」

「札付きの悪党でも、話を聞く限り、殺されるほど悪いことはしてないみたいじゃないか」

「だからって、なにもお屋敷に連れてくこたあねえでしょう」

「親分が、他に行くとこあるならいいけど、なさそうだから――」

「そもそも、なんで俺が身を隠さなきゃならねえんだよ?」

九蔵はすかさず口を挟む。

その察しの悪さに、銀二は内心呆れ返るが、勘九郎は淡々と説明した。

「吉って奴が、一度は消そうと思った相手を、一度失敗したからって簡単に諦めるほど、甘い男じゃなさそうだからさ」

「若!」

勘九郎の言葉で、銀二は忽ち顔色を変えた。察せられるものがあったのだ。

「盗っ人の隠れ家なんだから、抜け道くらいあるんだろ、親分?」

「ねえよ、そんなもん」

「え?　ないのか?」

問い返した勘九郎の顔色も瞬時に変わった。

「なんで？　なんでないんだよ？」

「なんでって言われても、ねえもんはねえんだからしょうがねえだろ」

「なんだよ、ないのかよ」

問い詰められて困惑する九蔵を見返しながら、勘九郎は忽ち落胆した。

「抜け道がなきゃ、ここから出られねえじゃねえか」

という心中の叫びはとりあえず呑み込み、勘九郎は銀二を見た。

「外の様子を見てきましょう」

と小声で告げる銀二を目顔で制し、

「いいよ、俺が見てくる」

勘九郎は自ら立ち上がった。

(抜け道なしで、無事に出られるのかよ)

いまは不安な顔を銀二に見られたくはなかった。

二

「それで、その吉って奴は、一体何者なんだ？」

三郎兵衛は当然の問いを発し、勘九郎もまた、

「わからねえ」

と答えて首を振るしかなかった。

「お前にもわからぬか、桐野？」

三郎兵衛は桐野にも訊ねた。

「はい。何分、その者と会ったことも、姿を見たこともありませぬ故——」

桐野も緩く首を振るしかない。

九蔵の隠れ家を出る際、結局桐野に助けられた。

襲撃者の人数は昨夜の半数ほどに減っていたが、個々の腕は格段にあがっていた。

(なんで急に強くなってんだ)

勘九郎は内心慌てたが、人数が少ない分、昨夜よりは楽なはずだと己に言い聞かせた。

しかし、黒装束で顔まで隠した暗殺者の集団は、見事に一致団結した動きを見せた。

呼吸を合わせて前後から同時に襲われると、少々手こずる。

(くそッ。こいつら、大勢で一人を襲うのに慣れてやがる)

勘九郎は焦った。

九蔵の隠れ家は、竹林の中の一軒家であった。万一のときの抜け道も用意していない九蔵が、その場所になにか意味を見出しているとは到底思えない。

大方、なんとなく、雰囲気があるという程度の理由で選んだのだ。

（いっそ、家の中に誘い込むか）

相手に大刀を使わせないために、当初は屋内で戦うことも考えた。

しかし、相手が使えないということは、己も使えないということだ。互いに、間合いへ深く踏み込まねばならぬ脇差し同士の闘いになれば、互いに警戒してなかなか決着がつかず、無用にときを要することになる。

多勢に無勢の場合、徒《いたずら》にときを延ばすのは無勢側が圧倒的に不利になる。

（竹林の中なら、奴らもそうそう自由に動けるわけじゃない）

勘九郎は結局家の外で闘うことを選んだ。

しかし、外に出てまもなく、自在に動けぬということでは勘九郎もまた敵と同様であり、そうであるならば、相当不利な場所に身を置いてしまったことを後悔した。

竹の撓《しな》りを利用して敵の攻撃を避けることも考えた。

左手で竹を摑んで体重をかけると、大きく撓った竹が思いがけぬ動きを見せて、最初の敵の手から得物を弾き飛ばした。竹の撓りを自在に利用しつつ闘えたなら、頼もしい助っ人を得た心地であったろう。

だが、己が思うほど、勘九郎は器用なほうではない。そんな特殊な戦い方が、瞬時に身につくわけもない。

刀を構えつつ、もう一方の手でよく撓る若竹を摑んで撓《たわ》ませるのは至難の業《わざ》であった。

「くッ……」

迫る切っ尖の一つを辛くも躱《かわ》した次の瞬間、刀を持つ手が故もなく萎《な》えた。余計なことに意識を集中した結果であろう。

(しまった!)

斬られる、と観念しかけた次の瞬間、

ぎゃーあッ、

そいつが、脳天から激しく血を飛沫《しぶ》かせている。

(え?)

その後そいつが、ドタリと前のめりに倒れ込んだことは言うまでもなく、次いで、そいつのすぐ隣りにいた者も派手に血を噴いた。

「若、お気をつけください」

夥《おびただ》しく血を噴きながら声もなく倒れた黒装束の背後から、静かな口調で桐野が言った。

(桐野、いつの間に……)

とは思わず、勘九郎はホッと安堵した。

桐野は瞬《また》く間に五人を仆《たお》し、唐突な桐野の出現に狼狽《うろた》えた二人を、勘九郎が仆した。

残りの者は、素速く逃げた。

忍びには雇い主への義理だの、武士の意地などはないから、ひとたび不利と見てとればさっさと逃げる。

その様子を目の当たりにした九蔵は素直に勘九郎の言うことを聞き、銀二とともに屋敷へ避難した。

そもそも、銀二を釣るための餌として吉によって飼い馴らされ、真の事情など何一つ知らぬまま命さえ狙われていた九蔵こそは哀れであった。

「いいんですかい、あんな奴をお屋敷に入れちまっても。……盗っ人ですよ」

銀二は終始それを案じていたが、

「だからって、今更放り出せないだろ。殺されちゃったら、可哀想《かわいそう》じゃないか」

勘九郎は銀二に言い聞かせ、なおかつ九蔵のことも丸投げした。

正直、現役の盗っ人を屋敷に入れたらどうなるのか、勘九郎にも想像がつかない。

「親分がぐずるようなら、銀二兄がなんとかしてやってよ。頼むよ」

勘九郎の懇願を、銀二がはねつけられるわけがない。

銀二は仕方なく、己に与えられていた中間《ちゅうげん》部屋で九蔵と同居することにした。

「なんでこの俺様が、こんなとこで、てめえなんぞと面つき合わせてなきゃならねえんだよ」

「それはこっちの台詞《せりふ》だ」

とは言わず、銀二は黙って堪えた。

暴れ牛のような九蔵を挑発して、屋敷の中で騒ぎを起こさせるわけにはいかない。当分のあいだ身を隠さねばならぬとすれば、我慢するしかないと、銀二は腹をくくった。


無事帰宅した勘九郎から、三郎兵衛はそれら一連の話を聞かされた。

聞かされれば即ち、「吉とは何者だ?」という当然の疑問を抱いたが、訊ねても埒《らち》があかぬと知ると、しばらく難しい顔で黙り込んだ。

吉は、九蔵を使って銀二を殺させようとしたが、失敗した。その事実を、三郎兵衛は己の中でいま一度咀嚼《そしやく》していた。

(九蔵が、ありもしない武田屋敷の金に色気を出したのは吉の誤算だ。だが、あれほど周到に下調べを行っている吉が、《石渡》の文蔵と九蔵が親子であることを知らなかったとは考えられぬ。ならば、はじめから、本気で銀二を殺すつもりはなかったのか？)

三郎兵衛は無意識に首を捻《ひね》る。

銀二をつけ狙うことで、やがて三郎兵衛に辿り着こうというのは、些か迂遠《うえん》すぎるのではないか。

或いは、銀二が高尾にいると聞いた三郎兵衛が自ら高尾に向かうことを想定していたのかもしれないが、だとしたら、何故高尾山中で襲わなかったのだろう。山中であれば、お庭番の目の届かぬところに手勢を潜ませるくらい、いとも簡単にできた筈だ。

(用のなくなった九蔵を執拗に殺そうとした吉を、冷酷な男だと勘九郎は言うが、それだけではない。九蔵を消したい本当の理由は、己の顔を見られているからだ)

と三郎兵衛は睨んでいる。

周到に謀《はかりごと》をめぐらし、腕の立つ忍びを大勢抱える吉とは、果たして何者なのか。

稲生正武の言うように、旧尾張藩主の手の者なのか。

だが、だとしたらその目的は一体なんなのだ。

(さっぱり、わからん)

三郎兵衛は呻吟した。

勘九郎と桐野も、ともに無言で三郎兵衛の次の言葉を待っている。

(だが、わからぬからと言って、いつまでも、手を拱《こまね》いているわけにもゆくまい)

三郎兵衛の思案は窮《きわ》まったが、同時に別の思案が降って湧く。

「例の、甲州道中の囮《おとり》の荷駄はどうなっておる？」

ふと、桐野に視線を向けつつ、三郎兵衛は問うた。

「数日前、日野《ひの》の本陣に入りました」

急に話題を変えられたことに驚きもせず、桐野は即答する。

「日野か」

「はい。先を急ぐこともございませぬ故、しばし滞在するようでございます」

「そうか」

一旦頷いてから、

「しばしとは、何日ほどだ？」

三郎兵衛は問う。

「少なくとも、二、三日は――」

「短い」

「え？」

「二、三日では短い。四、五日……いや、できれば十日ほど滞在すればよい」

「それはさすがに……」

難色を示す桐野に、

「参勤の時期でもないし、別に問題あるまい」

事も無げに三郎兵衛は言った。

「まあ、よい。明日にも儂《わし》が行こう。如何ほど滞在できるかは、実際に荷駄を見てみぬとな」

「え？」

桐野の眉が微《かす》かに動く。

「どういうことでございます？」

「されば、囮の荷駄の輸送に、儂も加わるのよ」

「なりませぬ、御前！」

「なんじゃや、桐野。急にでかい声など出しおって。お前らしゅうもない」

桐野が唐突に声をあげたことに、三郎兵衛は思わず目を見張る。

「単純なことだ。儂が自ら囮になればよいのだ」

「なりませぬ！」

「止めても無駄だ。最早これしか手だてがない」

「なれど、御前……」

「考えてもみよ、桐野。うぬらのように有能なお庭番が懸命に探索を行いながら、敵は尻尾もつかませぬ。うぬらも、他に手だてがないと思えばこそ、斯様《かよう》に馬鹿げた次左衛門の命に従っているのであろう」

「それは……」

桐野は困惑し、口ごもる。

「なればいまは、この馬鹿げた策に本気でのってみるしかあるまい。空の千両箱よりは、この儂の皺首《しわくび》のほうが、まだしも囮の価値があろう」

三郎兵衛は一旦言葉を止め、満面に不敵な笑みを滲ませた。

「はじめから、そうすればよかったのじゃ。儂も命を狙われていると聞いたときから、或いは、そのほうが手っ取り早いのではないかと考えていたのだ」

「ですが、御前——」

「お前がそこまで血相を変えるところをみると、矢張りこれが最良の策であろうのう」

「…………」

三郎兵衛に指摘されて、桐野は容易く絶句した。

「空の荷駄で甲州道中を練り歩くよりは、遙かにましというものだ。違うか？」

「だからといって、御前を囮にするなど、以《もっ》ての外《ほか》でございます」

「何故だ？……儂が駄目なら、次左衛門にやらせるか？」

「…………」

「無理であろう。己が命を狙われておることですっかり縮み上がり、まともな思案もできぬような者に、囮になれなどと言えば、乱心するぞ」

「…………」

桐野の沈黙は、即ち三郎兵衛の言葉に対する肯定にほかならなかった。

「乗物の仕掛けや、膳に毒が盛られたことを儂に黙っていたのは、もし儂が知れば、自ら囮になろうと言い出すのではないかと恐れてのことだな？」

念を押すような三郎兵衛の問いに、もとより桐野は答えられない。それもまた、肯定の意味にほかならない。それ故桐野は、それ以上の説得を諦めるしかなかった。

「日野ならば、朝発てば日没前には着く。お前は同道せずともよいぞ、桐野」

「俺は一緒に行くぜ、祖父さん」

それまで黙って二人の会話に耳を傾けていた勘九郎が不意に口を挟んだ。

「え？」

三郎兵衛と桐野は異口同音に驚きの声をあげる。

「囮とかなんとか、さっぱりわからねえけど、俺は祖父さんについてく。文句は言わせねえからな」

「文句は言わぬが……」

困惑気味に三郎兵衛は切り出す。

「なんだよ？」

「お前、儂の足について来られるのか？　足手纏《あしでまと》いになられてはかなわんぞ」

「あ、足手纏いって……」

「お前、この前高尾に連れて行かなかったことをぐずぐず根にもっているようだが、遊興に溺れて怠惰となったその体で、儂と同じ働きができると思っておるのか？」

「ち、近頃は、ちゃんと摂生《せっせい》してるよ。明《あけ》六つには起きるようにしてるし……」

「明日は明六つの出立だ。その半刻前には起きよ」

「え～ッ」

当然勘九郎は難色を示す。

「祖父さんの足なら、たとえ五つに出立しても日のあるうちに日野に着けるよ。なにもそんなに早出しなくたって……」

「いやなら、来るな」

けんもほろろに三郎兵衛は言い、その件に関する話を一方的に打ち切った。

三

予定どおり明六つに出立したものの、日野宿に着いたのは結局亥《い》の刻過ぎであった。

その時刻では、下働きの者は殆ど休んでいようから、夕餉《ゆうげ》を要求するのは申し訳ないと諦めていたら、名主のはからいによって温かい蕎麦《そば》が出た。美味であった。

「美味《うま》いな、祖父さん」

誰のおかげで到着が遅れたのか、全く悪びれることもなく勘九郎は夢中で蕎麦を啜った。三郎兵衛も夢中で啜ったが、内心では勘九郎を伴ったことを、少しく後悔しはじめていた。

そもそも、予定が遅れたのも勘九郎のせいなのだ。

(遅い。…歩みが遅いのだ、こやつは——)

内心密かに苛々《いらいら》していた。

苛々しながらも、孫を急《せ》かすことのできない自分がいやで、無性に腹が立った。

ともあれ、日野本陣に滞在中の贋《にせ》の荷駄隊を、翌朝三郎兵衛は子細に検分した。囮なので、実際に小判を運んでいるわけではない。だが、荷を運ぶ人足たちがあまりに軽々と、易々と運んでいれば、疑われる。

そのため、箱の中には石を詰めて運ぶ。

一万両の小判を運んでいる、という触れ込みなので、それなりの数はある。贋の荷駄を運ぶ人足が八名、荷駄を警護する武士風体《ふうてい》の者が五名の、総勢十三名である。囮であるため、警護の武士の数は敢えて減らしている。

勿論、その実態は全員お庭番である。

彼らは、日野に居続けるための方便として、全員が腹をこわしたということにしていた。

彼らが寝泊まりしているのは勿論本陣の隣りにある名主の住居——脇本陣である。

本陣に泊まるのは旗本である三郎兵衛とその孫の勘九郎だけだ。

（しかし、如何に囮とはいえ、一万両もの金を運ぶのに、この人数では少なすぎぬか？）

三郎兵衛は訝《いぶか》しんだ。

桐野も言ったとおり、大金を一度に運ぶのは危険であるため、せいぜい五百両くらいずつに小分けして運ぶ。それも、小判を運んでいるとは悟られぬように擬装し、お供の者らにもわざと見窄《みすぼ》らしい恰好をさせる。

ところが、この荷駄隊はあからさまに千両箱を見せびらかしているのである。

いくら囮とはいえ、やりすぎではないのか。あからさまに囮とわかるこんな怪しい荷駄隊に近づいて来る馬鹿は滅多にいないだろう。

いつもなら、もっと知恵を働かせ、周到に計画を立てる筈の稲生正武にして、このお粗末さは一体どうしたことであろう。

（それだけ、狼狽えているということだ。己の命ばかり惜しみおって、愚か者めが）

当初三郎兵衛は、自らを囮とするには護りの手薄な脇本陣に泊まるべきかと考えたが、結果的に十三人のお庭番から護られることになってしまうので、やめた。

それに警備が手薄なことでは、本陣もたいして変わらない。なんの役にも立たなそうな長屋門の前に門卒が二人立っているだけで、邸内には警備の者など一人もいなかった。なにか用があるときは隣家の脇本陣から、名主の家族や家人が手伝いに来る。

ガランとして不用心な本陣の中は、三郎兵衛一人を狙わせるには、寧《むし》ろお誂《あつら》えの環境といえた。

着いた翌日、勘九郎はさっさと宿場の散策に出かけてしまったが、三郎兵衛は本陣の中で無聊《ぶりよう》を託《かこ》っている。

そこへ、桐野が現れた。

「なにかわかったのか？」

三郎兵衛が冷ややかに問うと、

「いいえ」

桐野は真顔で首を振った。

「では、なにしに来た」

「御前の警護でございます」

真顔のままで桐野は答える。

「お前の警護は要らぬと言うたであろう」

「そうはまいりませぬ」

「お前がおると、敵が警戒して寄って来ぬではないか」

「…………」

「なんのための囮かわからぬ。帰れ」

「いいえ、帰りませぬ。……わからぬように、影ながらお護りいたします」

「では、消えろ」

と三郎兵衛が言う前に、桐野は姿を消していた。

(黙って影から見守ればよいものを、報告があるわけでもないのに、何故わざわざ姿を見せた?)

三郎兵衛はしばし首を捻った。

しかし、いくら考えても、桐野の行動の意味はわからなかった。

とまれ、三郎兵衛が日野本陣を訪れてから、何事もなく三日が過ぎた。

異変が起きたのは、三日目の晩だった。

夜半、奇異な物音がした。

カタ、
と小さく、物が落ちるか転がるかする音がしたかと思ったら、すぐに、
カタカタカタカタカタタタタ……

と、カラクリの動くような音が鳴り続ける。

ときに大きくなったり小さく潰《つい》えたりとメリハリがあるのは、それが人工的な音ではなく、自然なものである証拠だろう。

大方、鼠《ねずみ》が天井裏でも走りまわっているのだろうと思い、はじめは気にも止めなかった。

が、音はなかなか止《や》まない。

(一体何匹いるのだ?)

三郎兵衛は内心激しく舌打ちしたが、

(そういえば、勘九郎め、宿場に出たまま戻っていなかったな)

ということに思い至る。

三郎兵衛は仕方なく床から這い出し、身繕《みづくろ》いをした。

夜遊びから戻った勘九郎が閂《かんぬき》を開けようと試みているのかもしれない。

内側の閂を外から開ける方法を、盗っ人ならば二、三種類は知っている筈だ。勘九郎は銀二から教わっているに違いない。

(仕方のない奴だ)

三郎兵衛は足音を消して部屋を出たが、その途端物音はやんだ。

（なんだ？）

耳を澄ますが、なにも聞こえなかった。

異変を察した三郎兵衛は一旦戻って佩刀《はいとう》を手にし、再び部屋を出た。

そのまま奥の座敷へ向かう。

そこに囮の千両箱が置かれており、見張りの一人も残していないことを思い出した。如何に敵の目を欺《あざむ》くためとはいえ、石ころの見張りをさせるようなあざとい真似は、三郎兵衛にはできかねた。

（さすがに不用心過ぎたかな）

反省しつつ、座敷の襖《ふすま》をいきなり引き開ける。

「…………」

案の定、暗闇に蠢《うごめ》く幾つかの影があった。

息を殺し、身を潜《ひそ》めていたそれらの影は全部で五つ。三郎兵衛が一人だと見るや、俄然勝てると思ったのだろう。五人が、一斉に三郎兵衛に向かって来た。

が、次の瞬間、彼らは全員、その場から一歩も動くことができず、易々と組み伏せられている。

「誰か、灯りを――」

と三郎兵衛が命じるまでもなく、誰かが紙燭《ししょく》の芯に火を点《とも》した。

ぼんやりした燭の火が忽ちあたりを映し出す。

気配を察したお庭番が駆けつけて、賊どもを捕らえたところであった。

「そやつら、ただの盗っ人ではないのか？」

お庭番が相手とはいえ、あまりに容易いそのざまに、三郎兵衛は少なからず落胆していた。

灯りに映してみれば、いよいよそれが歴然とした。どの男も薄汚れた手拭いで頬被《ほおかむ》りをし、粗末な着物を身につけていた。盗っ人らしい装束すら身に着けていない。

「お前ら、何処の者だ？」

と尋ねても、ガタガタ震えるばかりで声も出せぬようだった。

「しかし、この座敷に入られるまで気がつかぬとは……」

お庭番の一人が困惑気味に口走る。

「こやつからは、素人同然の気配しかせぬ。大方、名主の家族が入ってきたとしか思えず、それ故警戒しなかったのであろう」

と三郎兵衛は述べた。

「なるほど」

お庭番たちは一様《いちよう》に納得したが、中の一人が気を取り直し、

「こやつらは、如何いたしましょう？」

三郎兵衛に尋ねてきた。

「引っ括《くく》って、土蔵にでも閉じ込めておき、朝になったら番屋へ突き出せ。どうせ、このあたりを根城にしておる破落戸《ごろつき》どもだろう。解き放たれれば、また悪さをするに決まっておる」

言い放ち、一旦口を閉ざしてから、

「我らも明日出立する」

三郎兵衛は短く告げた。

「え？」

「明日でございますか？」

「それはまた、急でございまするな」

お庭番たちは口々に聞き返してきたが、

「さすがに、長居をしすぎたようじゃ」

三郎兵衛は一方的に話を打ち切った。

半信半疑ながらも、大金が無防備な状態で置かれていると知れば、くすねてやろう

という不届き者も現れる。

このまま日野に居続ければ、おそらく毎晩のようにこそ泥の相手をしなければならなくなるだろう。

(それに、本陣に宿泊中は襲って来ぬつもりかもしれぬ。試しに少し歩いてみよう)

と三郎兵衛は思案した。

呆れたことに、勘九郎が帰って来たのは明け方近くになってからだった。今日も昼過ぎまで寝ていて、夕刻から遊びに行こうと目論《もくろ》んでいた勘九郎は、出立と聞かされて大いにへこんだ。

「つらければ、お前だけ、もう一日泊めてもらってもよいのだぞ」

三郎兵衛に突き放されると、

「行くよ。ひと晩くらい寝てなくたって、どうってことねえよ」

勘九郎はむきになり、懸命に空元気を見せた。

だが、油断すると忽ち大きな欠伸《あくび》が出かかり、三郎兵衛に苦い顔をされることになったが。

四

日野宿から次の府中《ふちゅう》までは二里ほどの距離なので、普通に行けば一刻ほどで着いてしまう。

「どうすんだよ、府中に泊まるのかよ？」

勘九郎に問われるまでもなく、三郎兵衛は密かに頭を抱えていた。

（なんとしてでも泊まるしかないが、この時刻から本陣に入るわけにもゆかぬし……）

ここまで来ると、もう江戸までさほどの距離は残されていない。府中は充分日帰り圏内なのだ。

だが、このまま石ころ入りの千両箱を持って江戸に戻れる道理がない。

三郎兵衛が率先して荷駄隊を連れ帰ったことが稲生正武に知れれば、どんなに恨まれることになるかは想像に難くなかったが、もとより三郎兵衛が恐れるのは稲生正武の恨みでも怒りでもなかった。

（府中に入るのをギリギリまで引き伸ばし、入ったら、急病人をでっちあげるしかあ

るまいな)

　そんな思案をかためつつ、三郎兵衛はゆっくりと歩いた。

　朝からよく晴れて、木漏れ日が膚《はだ》に優しい。

　荷車の軋《きし》む音を聞きながら、牛か亀のような速度で歩いていると、勘九郎ならずとも欠伸が出ようというものだ。

(箱に、一体どれほど石を詰めたのだ。少し重すぎるのではないのか?)

　うっかり眠気に誘われるのを阻止するため、三郎兵衛は懸命に考えをめぐらせた。

　そんなとき、ちょっとした問題が発生した。

　進行方向から、かなり大きめの荷車がやって来たのである。

　ちょうど道幅の狭いあたりであるため、接触せずにすれ違えるかどうか、危ういところであった。

「ギリギリまで端に寄せろ」

　と三郎兵衛は指示した。

　もとより人足役のお庭番も同じことを考えていて、三郎兵衛から言われる前に足を止めている。

　強引に行かず、こちらが止まっていれば、なんとかやり過ごせるだろう。三郎兵衛も勘九郎も、そしてお庭番たちも安堵した、次の瞬間のことである。

ガダッ、

と大きな音を立て、高く積まれたむこうの荷が崩れだしたのだ。

が、そう見えたのは目の錯覚で、事実は違っていた。実際には、高く積まれた荷の影から、不意に複数の者が飛び出したのだ。

手に手に得物を構えた刺客に相違ない。

（すわ！）

三郎兵衛はもとより、その場にいた全員が的確に反応した。

なにしろ、三郎兵衛とお庭番十三名である。なにが襲来しようが、なにも問題はない筈だった。

お庭番たちもまた、得物《えもの》を手に跳躍した。

飛び出して来た敵の攻撃から、三郎兵衛を護るためである。

三郎兵衛は三郎兵衛で、大刀の鯉口《こいぐち》を切りながら、列の最後尾まで後退した。

荷の影に隠れて接近し、間合いに入ったところで跳躍して来るなど、間違いなく忍びである。忍び同士の戦いであれば、余計な手出しはせず、邪魔にならぬところで成り行きを見守るのがよい。

荷の影から飛び出したのは、おそらく五～六人。お庭番の半数以下だ。下手《へた》をすれば、刺客側は瞬時に全滅する。

咄嗟にそんな判断をした三郎兵衛の目の前に、次の瞬間、黒装束の者が二人、殺到した。

荷の影から現れた者ではなく、三郎兵衛らの背後から来た者たちだった。

つまり、大きな荷車で三郎兵衛らの目を前方に向けさせているあいだに、背後からも敵が迫っていた。

それに気づくのが、少々遅かったようだと、他人事《ひとごと》のように三郎兵衛は思った。道は平坦で、見晴らしは悪くなかったのである。

なのに、大きな荷車がすぐ近くに接近するまで気が付かなかった。寝不足の勘九郎と、同じく寝不足気味の三郎兵衛は別として、有能なお庭番が十三人もいたのに、だ。

なにかが、おかしい。

(或いは、幻術のようなものか？)

勿論、思うより先に三郎兵衛は抜刀し、背後から来た二人に相対した。

「何者だ？」

一応問うたのは挨拶代わりである。

問うても答えてもらえるわけもなく、いきなり匕首《あいくち》の切っ先を鼻先まで突き出された。

三郎兵衛は無意識に身を翻《ひるがえ》す。翻しざま抜刀し、無造作に横に薙ぐ——。

「ぎゃッ」

唐突にそこに出現した第三の敵を両断したのだ。夥しく血飛沫《しぶき》が飛び散り、四囲《しい》の木々を朱に染めた。背後からの敵が果たしてどれほどいるのか見当もつかない。

結局は、激しい乱刃となった。

乱刃は、寧《むし》ろ望むところであった。

乱刃は、ほどなく終結した。

当然だ。斬られるべき敵が消失したのだ。敵の姿が間合いから消えれば、お庭番は即ち刃をひく。

(妙だな)

刃をひいたお庭番たちが、忽ち人足に戻っていくのを傍観しながら、勘九郎は無意識に首を捻っていた。

矢張りなにかが、おかしい。

大掛かりな仕掛けを作り、満を持しての襲撃だった筈なのに、勘定が微妙にあっていない。具体的になにがどう、とはわからぬが、勘九郎はそのときなにかを察した。

先ず、その場に転がっているべき死骸の数が、圧倒的に足りない。

（少なくとも、俺は三人は斬った）

刀を持つ手に、そのときの感覚が残っている。

だが、そこに残されていた死体の数は全部で五名だった。勘九郎が斬った以外に、二人しか斬られていないとはどういうことだろう。

（あのとき、荷の影から飛び出してきた奴だけで五人はいた。その五人はこっちの目を眩《くら》ますための囮で、本当の敵は背後から来たんだ）

ということに、無論勘九郎も気づいていた。それ故、三郎兵衛はいち早く列の最後尾にまわった。勘九郎もすぐそれに続きたかったが、荷の影から飛び出した敵がそれを阻んだ。彼らは、まるで軽業《かるわざ》師《し》のような身軽さで跳梁《ちょうりょう》し、一合《いちごう》刃を合わせてはすぐ離れる、といった動きを繰り返した。

一見、子供がはしゃぎまわっているようでもあり、真剣に誰かの命を狙ってきた刺客とは到底思えなかった。

（本当に刺客だったのか？）

疑いすら抱きはじめたところで、勘九郎は漸く、肝心なことに気がついた。

「あっ！」

気づいて周囲を見まわすと、三郎兵衛の姿が見あたらない。

「祖父《じい》さんがいねえ！」

勘九郎の叫びで、黙々と後始末をしていたお庭番たちも瞬時に我に返った。

「え、筑後守《ちくごのかみ》様が？」

「まさか！」

「何処かでお怪我をなされておられるのではないか！」

お庭番たちも口々に言い合いながら確認したが、発見にはいたらない。

万一斬られて落命したのであれば、死体になっている筈だが、もとよりそうなってもいない。

「どういうことだよ！」

勘九郎は動揺し、且《か》つ混乱した。

「祖父さんッ！　祖父さんッ！」

四囲に向かって大声で呼ばわるが、返事はない。

「祖父さーんッ」

呼びつつ、勘九郎は元来た道をゆっくりと戻り、樹木の影から叢《くさむら》の中まで、祖父の姿を捜しまわった。

が、三郎兵衛の姿はどこにも見あたらない。

(何処行っちまったんだよ?)

やがて勘九郎は、茫然とその場に立ち尽くした。

「祖父さんが消えた……」

まさか、三郎兵衛に限って不覚をとったとは思えない。消えたとすれば、それは即ち自らの意志で姿を消したのだ。

そうに決まっている。だが。

それから、不意に思い出して、

「桐野ッ」

何処か近くにいるはずの者の名を呼んだ。

が、いつもなら呼べばすぐに姿を現す筈の者が、返答すらない。

「桐野ーッ、桐野ーッ」

「桐野殿は来ておりませぬ、勘九郎殿」

見かねたお庭番の一人が申し訳なさそうに言うが、勘九郎はやめなかった。

「おーい、桐野、いるんだろ？　なに、空惚《そらとぼ》けてるんだよ。……桐野ーッ、桐野ーッ」

もしかしたら、三郎兵衛が姿を消したことよりも、そのほうが勘九郎にとっては衝撃だったのかもしれない。

「桐野、勿体《もったい》つけてねえで、さっさと出て来いよ。……なあ、桐野ーッ」

勘九郎の虚しい叫びは、街道沿いの樹木の幹々に、悲しく吸い込まれてゆくしかなかった。

第五章　猟鷹《りようよう》の如く

一

すぐ耳許《みみもと》で、なにかが激しく爆《は》ぜる音を聞いた気がした。

どごぉッ……

爆発に巻き込まれ、その爆風に煽《あお》られて跳ね飛ばされるのだと思った。

だが、それにしては、衝撃が少ない。

(どうでもよいわ)

最早《もはや》どうにもならないことを悟ると、抗《あらが》わず、身を任せた。今更足掻《あが》いてもどうにもならない。

不思議と恐れは感じなかった。

（死ぬのか……）

漠然と思いながら、意識を失っていったのだろう。

あとは果てしない暗黒が訪れた。

どれほどのあいだ、暗黒の中にいたことだろう。なにしろ、どこまでも暗黒なので、己の意識があるのかないのかの判別もつかない。

ただ、背中がひどく冷たく感じられ、そのことに閉口した。冷たいだけでなく、途《と》轍《てつ》もなく硬い。

（やはり、死んだのか）

と思いかけたとき、
何処《どこ》からか、三郎兵衛を呼ぶ声がした。

「松波筑後守様」

「誰だ？」

反射的に問い返して声が出たので、生きていることを確信する。

（いや、まだわからぬ。既《すで》に冥府の住人となったのかもしれぬ）

と思い返さざるを得なかったのは、一応声は出たものの、相変わらず暗黒の中にいて、身動き一つできなかったためである。

「名乗ったところで、どうせ松波様には聞き覚えのない名でございますよ」

男の声は、上の方から響いてきた。

存外近くから聞こえるようでもあり、かなり離れているようにも聞こえる。

「ふふふふふ……」

忍び笑う声音が、壺かなにかに向かって声を出しているが如く、くぐもっている。

意外に朗《ほが》らかで悪びれぬ声色と口調であった。

(もしここが冥府《めいふ》であれば、さしずめこやつは閻魔《えんま》ということか)

「それでも、名乗ったほうがようございますか?」

閻魔の口調はのびのびとしていて軽やかだ。

「ああ、名乗れ」

怖れげもなく、三郎兵衛は言い返した。

「儂《わし》がそちの名を知っていようといまいと、そちは儂の名を知っておる。不公平ではないか」

「不公平がいけませぬか?」

「ああ、いかんな」

「どうせ世の中不公平だらけですのに?」

「だからこそ、よ。いまこの冥府には、そちと儂の二人きりしかおらぬ。たった二人のあいだで不公平があってよいものか」

「冥府とはまた、ご挨拶な……それでは、私のことは、仮に《吉》とでも……」

(やはり、こやつか)

吉と聞いた途端、三郎兵衛は自らの予想が正しかったことを知り、内心激しく舌打ちした。

「仮の名などではなく、きちんとまことの名を名乗らぬか、不届き者め」

実際、舌打ちしながら言い返した。

「これは手厳しい。さすがは、道三《どうさん》殿の末裔であられる」

もとより、見え透いた阿諛《おべつか》を歓ぶ三郎兵衛ではない。

「いま一度尋ねる。そちは誰だ?」

厳しい言葉を虚空に放った。

いま己の置かれた状況がどうであろうが、関係ない。己が松波三郎兵衛である以上、その名に相応《ふさわ》しい言動をとる。それだけのことだ。

「仕方ありませんな。……お初にお目にかかります。手前は、《尾張屋》吉右衛門《きちえもん》と申しまする。以後お見知りおきを——と言いたいところですが、いまはこの有様にて、ご尊顔を拝することができず、残念です」

「尾張屋……前中納言の仕業《しわざ》に見せかけ、あれこれ悪事を働いているのは、そちか?」

「なんと、まあ、歯に衣着せぬおっしゃりようで……」

「仕方あるまい。道三殿の末裔故——」

「ですが、前中納言様の仕業に見せかけて、というのは少々気に入りませんな」

「違うのか?」

「別に、尾張様の仕業に見せかけようなどとは考えておりませぬ」

「では、なんだ?」

「手前が、手前の一存で勝手にしていることでございます」

「…………」

きっぱりと言い切られ、三郎兵衛は憮然とした。だがすぐに気を取り直して問いかけた。

「では、如何なる存念にて、次左衛門……稲生正武や儂の命を狙うたのだ?」

「そのことでございますか」

と男の口調は一向悪びれない。

「大目付のお命を狙うことは、果たして悪事といえるでしょうか?」

「なんだと！」

「大名のあら探しをしては取り潰そうと目論《もくろ》む大目付こそ、大名方にとっては悪の権化と思われておりまする」

「屁理屈を申すな、痴《し》れ者がッ」

「これは失礼いたしました」

軽く肩を竦《すく》める仕草が目に浮かぶような返答であった。

（なんなのだ、この者は一体——）

三郎兵衛は内心辟易《へきえき》している。

ふわりとした声音とやわらかい口調で韜晦《とうかい》しているが、《尾張屋》吉右衛門の食えなさは、たったこれだけのやりとりからもありありと窺《うかが》えた。正直、こんな奴とは金《こん》輪際《りんざい》口をききたくない。

だが、いま彼との対話を一方的にやめてしまうことは、三郎兵衛の敗北を意味していた。それだけは、なんとしても回避せねばならない。たとえどんな状況であっても己らしさを失わぬと決めた矢先なのだ。

「それで、儂を捕らえて、一体どうするつもりなのだ？」

「どうもこうも……捕らえるとは人聞きの悪い。本来、礼を尽くしてお招きすべきでしたが、急なことで斯様《かよう》な仕儀となり、恐縮いたしております」

「これから殺す相手を嬲《なぶ》るのは楽しいか」

「ご気分を害されましたなら、どうかお許しください。そんなつもりはさらさらございません」

「………………」

尾張屋は終始辞《じ》を低くし、ところどころで謝罪も述べるが、慇懃《いんぎん》無礼《ぶれい》以外のなにものでもなく、三郎兵衛はそのたびに言葉を失う。

(こやつにいいように操られていた九蔵という盗っ人は、存外人格者よな)

もしいまそいつが目の前に現れたならば、三郎兵衛なら、有無を言わさず一刀両断にしていただろう。

「いまは斯様にご不自由をおかけしておりますが、のちほど必ず、おもてなしいたします」

「のう、尾張屋」

「はい」

「そなた、一体なにがしたいのだ?」

己を奮い立たせて三郎兵衛は問うた。

いま己が話している相手は途方もない魔物で、一言言葉を交わすたび、確実に精気を吸いとられていると承知の上で――。

「なにも――」

すると、尾張屋も少なからず困惑したのか、

「松波様がご懸念なされるようなことは、なにも企んでおりませぬ」

僅かに言い淀むそぶりを見せた。

「なにも企んでおらぬ者が、大目付を拐《かどわ》かすのか？」

「拐かすなどと、人聞きの悪い！　お招きしたのでございますよ」

「招かれたとは到底思えぬが、百歩譲って招かれたとしよう。どうもてなしてくれるというのだ？」

「たとえば、元禄《げんろく》の…五代様の御世のような？」

「なに？」

「寛文《かんぶん》五年のお生まれの松波様は、五代様の頃の江戸をよく覚えておられましょう」

「…………」

「紀文《きぶん》大尽の如き豪商たちが贅《ぜい》を競い、市中には、大奥のお中臈《ちゅうろう》の如き綾錦《あやにしき》を纏《まと》った女たちが溢れておりました。いまから、ほんの四十年ほど前のことでございます

よ」

（ほんの、と言うが、貴様はその頃生まれていたのか？）

混乱しつつも、三郎兵衛は訝《いぶか》った。己の生まれ年を知られているということに、少なからず衝撃をうけている。

「あれこそ、この世の栄華の極みというものでございましょう。……それが、いまはどうです。なにかといえば、質素倹約。美しく装おうべき女たちは皆、見窄《みすぼ》らしい、粗末な着物を身に纏い、錺《かざり》職人もお上《かみ》の目を恐れて豪奢な細工を控える……くそ面白くもない世の中です」

「だからというて、今更五代様の御世に戻れると思うか？……商人ならば、それが無理だということくらいわかっていよう」

「確かに無理でしょう。いまの上様の天下では――」

「それ故、尾張殿に肩入れして、次期将軍の座を狙わせようとしたのか？」

「所詮、かなわぬ願いでございました」

「まだ諦めておらぬのか？」

「いいえ。前中納言様が、見かけ倒しだということは、すぐにわかりました。あの御方は、自らは何一つ生み出すことなく、ただ与えられるものを食い潰《つぶ》す、ただの贅沢《ぜいたく》好きの浪費家でございました」

「それがわかっていながら、湯水の如く金を使わせたのか？」

「金は、使ってこそ意味がございます。…あの当時名古屋のご城下は、まるで元禄の御世のようでした」

と述べる尾張屋の顔が陶然としているであろうことは、この声色口調からも容易に察せられた。

「それほど、元禄の世が恋しいか？」

「………」

「そもそもお前は元禄の世を知っておるのか？　知っておるとすれば、儂とそう歳が変わらぬことになる」

「さあ、どうでしょうねえ」

尾張屋の声音が心なしか湿りを帯びた。

どうやら、口中に低く含み笑っているようだった。

「なにが可笑《おか》しい？」

「松波様は無理と仰有《おっしゃ》いますが、手前はそうは思いませぬ」

尾張屋の声音に、強い意志が感じられた。それは、最前までの、やや巫山戯《ふざけ》た声色口調からは感じられなかったものだ。

「商人に、任せればよいのです」

尾張屋は言う。

「金のことは、すべて商人に任せればよいのです。商人ならば、一の金を十にも百にも増やすことができる。それなのに、商人を締めつけて、侍と百姓ばかり優遇する。そんなことじゃや、誰の懐《ふところ》も潤わない。懐が潤わなければ、富は得られません」

「富を得ることが、それほど大切か？」

「富を得て豊かにならなければ、栄華の世はこない。百姓も侍も襤褸《ぼろ》を纏った、こんな貧乏くさい世の中なんざ、さっさと終わったほうがいいんですよ」

「だが、実際に富を得ることができるのはほんのひと握りの者だけだ。大半の者は貧しいままだ。そんなものは、本当の栄華の世ではあるまい」

「いいえ、松波様、そのように思われるのは、貴方様が、貧乏くさい御当代の上様に毒されているからに相違ございません」

自信満々の表情で、尾張屋は述べた。

いや、実際には見えていないが、声色からそう感じた。

「人は、栄華の中にあればこの上ない幸福に包まれるもんです。私は、この世を、絢《けん》爛《らん》たる楽土にしたいんですよ」

「…………」

　三郎兵衛は遂に返す言葉を失った。

　尾張屋の壮大な夢がかなうとは到底思えなかったが、「元禄の頃のような栄華をもう一度見たい」という気持ちは、理解できなくもなかった。

　なにより、三郎兵衛自身が、過ごしてきた過去だ。いま思えば、確かに夢のような時代であった。紀文が気前よく銭をばら撒《ま》く場には居合わせなかったが、あの当時は、江戸の何処かでしばしば、似たようなことが起こっていた。

　だが、過ぎ去ったときが戻らぬのと同様、二度と同じ時代が巡ることはない。

　人より少々長く生きている三郎兵衛が言うのだから、間違いない。

（過去を恋うるなど、愚かなことよ）

　三郎兵衛の心中がわかるわけでもあるまいに、それきり尾張屋は言葉を止めた。

「おい、尾張屋？」

　気になって三郎兵衛から声をかけたが、返事はなかった。

「尾張屋？　おらぬのか、尾張屋？」

　何度か繰り返してみたものの、己の声が虚空に吸われる虚しさに嫌気がさしてやめた。

あとには静寂しか残らない。

暗黒の静寂であった。

気の遠くなるような暗黒の中、三郎兵衛はあらゆるものから取り残されてしまったようにも錯覚した。

二

(桐野、何処行っちまったんだ……)

勘九郎は途方に暮れた。

お庭番たちは、口を極めて桐野がこの場に来ていないことを説明したが、勘九郎は納得しなかった。何故なら、桐野が来ていることを、誰よりもよく、勘九郎自身が知っていたからだ。

現に、ほんの数刻前にも会っている。

三日前、日野宿本陣に入ってすぐ、勘九郎は桐野を呼んだ。

「出て来るまで呼び続けるよ」

脅迫めいた言葉をかけられて仕方なく姿を見せた桐野に向かって、

「頼みがある」

と言い、懸命に懇願して、渋る桐野に遂に承諾させた。

勘九郎は、宿場で夜遊びをしていると見せかけ、実は宿場はずれの河原で、桐野に稽古をつけてもらっていたのだ。

「実戦に役立つ技を教えてくれ」

というのが、勘九郎の願いだった。

九蔵の隠れ家から逃れる際にかなり手こずったことで、己がこれまでに習得してきたものが如何に実戦向けではなかったかを、勘九郎は知った。

道場で如何に活躍し、達人と言われようと、勝てぬ相手はいる。寧《むし》ろ、実戦で勝ち抜くためには道場剣術が邪魔になることもある。

それ故勘九郎は、いまよりもっと遣《つか》える自分になりたかった。そのために学ぶべきは、桐野以外にいなかった。

「いまはお役目の途中でございますれば、ご容赦を――」

当然桐野は断ろうとした。

が、勘九郎は食い下がった。

「俺を遣えるようにすれば、お前の役目も楽になるんじゃないのかよ」

「若は、いまのままでも充分遣えます。私のような者の技は所詮《しょせん》邪道。邪道に足を踏み入れれば、折角道場にて長年研鑽《けんさん》してこられた技を失うことになります」

「道場で研鑽した技なんざ、実際には役に立たねえってことを、お前はよくわかってんだろ、桐野ッ」

「私には、若にお教えするような技はございませぬ」

「俺が死んでもいいのか？」

「…………」

「いつも、お前が間に合うとは限らないだろ」

或いはそれが、殺し文句になったのかもしれない。

「一つだけ、お教えいたします」

言葉と態度を改めて、桐野は言った。

「道場で学んだ剣であれ、私たちのような者の邪道の剣であれ、人を斬ることに変わりはありません。違うとすれば、呼吸でございます」

「呼吸？」

「お庭番が得意とする暗殺剣では、己の呼吸を決して気取らせてはなりませぬ。呼吸を読まれることは、即ち命をとられることに繋がりまする」

「どういうことだ？」

勘九郎は少しく首を傾げた。

流派の違いこそあれ、呼吸を鍛えるのは剣の基本だ。それ故桐野の言わんとすることはわからぬでもない。

わからぬでもないが、呼吸を読むことにかけては勘九郎とて素人《しろうと》ではないつもりだ。

「試しに、私に不意討ちを仕掛けてみてください」

腑に落ちぬ顔つきの勘九郎に言い、得物を持たずに月明かりの下に立つ。

「さあ、どこからでも仕掛けてきてください。真剣でかまいませんよ」

「で、でも……」

「私から学ぶのではなかったのですか？」

鋭い眼で見据えられて、勘九郎は覚悟をきめた。

即ち、大刀を抜き放ち、青眼に構える。

その途端、桐野は苦笑した。

「うっかりしておりました」

「…………」

「若はお優しいので、丸腰の私に真剣を向けるなど無理でしたね」

ドキッとするほど魅力的な笑顔を見せながら、

「では、これにいたしましょう」

と足下に落ちた手頃な枯れ枝を拾いあげ、勘九郎に手渡した。

「これなら、間違っても私を傷つけることはありますまい。思いきって、どうぞ」

勘九郎は一旦抜いた刀を鞘に戻すと、その一尺ほどの長さの枝をちょうど目の高さあたりに構えた。

(桐野の野郎――)

内心の怒りが心頭に発している。

(仮に刀であろうと、俺の攻撃が桐野に届かねえことを承知の上で……畜生ッ)

「枝の先が、お前の体のどこに触れてもお前の負けだな?」

怒りを堪《こら》えて淡々と問いつつ、勘九郎は不意に枝を突き出す。

が、その枝の先は虚しく空を切り、桐野の肩先を僅かに掠《かす》めた。

「どこに触れても私の負けでは分が悪すぎますな。……せめて、私の心の臓あたりをひと突きできたら、ということにいたしましょう」

勝ち負けの話ではないのに、とは言わず、桐野は勘九郎に調子を合わせた。

なまじ駄々っ子扱いされて内心忸怩《じくじ》たる思いの勘九郎だったが、おかげで多少冷静になれた。

(そういえば、桐野の呼吸はまるで感じられないな)

冷静になると忽《たちま》ち、そのことに気づく。

(どういうことだ?)

訝るほどに、謎は深まる。

人である以上、桐野とて、呼吸はしていよう。

だが、まるで呼吸をしていない人間さながら、ユラリとそこに立っている。

(まさか、呼吸《いき》をしていないわけでもあるまいに……)

桐野が述べた言葉の意味がうっすら解りかけたところで、一夜目を終えた。

道場で立ち合う場合、気心の知れた相手なら、進んで、呼吸を合わせてしまうようなところがある。

竹刀《しない》剣術では、一瞬で勝負がつくことなどは寧ろ稀《まれ》で、実力の伯仲《はくちゅう》した者同士であれば、当然激しく長時間打ち合うことになる。

であるならば、呼吸を合わせたほうが楽なのだ。

が、絶対に勝たねばならぬ試合であれば、話は別だ。

呼吸を合わせて打ち合っていては、いつまで経っても勝負はつかない。

試合で勝とうと思えば、自ずから戦略を練らねばならない。所謂《いわゆる》兵法というやつだ。

だが、それはあくまで侍の兵法であり、桐野の言う暗殺剣とは一線を画している。

勘九郎が知りたいのは、暗殺剣の真髄だ。

二夜目は、桐野の死角を狙って懸命に突いた。

だが、桐野に死角などあろう筈もなかった。

「私の心の臓の音が聞けねば、刃を合わせることもできませぬぞ」

冷ややかに言い放たれ、勘九郎はへこんだ。

枝の先で桐野の体に触れることは、依然としてかなわない。

(人の心の臓の音なんぞ、聞けるわけがねえだろ。針の落ちる音も聞き逃さないってのは、忍びの技だろうが)

つい、ふて腐れそうになる己の心を、懸命に鼓舞した。

三夜目の課題は、己の認識を変えることだった。

枝の先で相手の体に触れるなど、児戯《じぎ》のようなものである。

実際、まだ道場にも通えぬ年端のゆかぬ子供たちは、そういう遊びをする。手頃な長さの枝でもって、剣術ごっこに明け暮れる。そんな無邪気な頃のことを思い出しながら、勘九郎は桐野に挑んだ。

勘九郎の攻撃を躱し続ける桐野の面上は、まさしく「無」であった。

文字どおり、眉一つ動かさずに勘九郎の攻撃を風の如く受け流す感じは、果たして生身の人間かと疑いたくなる。

（こんなにも、違うのか……）

当初はそのことに驚かされた。

相対している桐野の存在は紙のように薄かった。殺気や憎悪はおろか、なんの感情も見せず、勘九郎の前にその身を曝している。

間合いまではほんの半歩。軽く手を伸ばしだけで、簡単にその身に触れられそうなのに、いざ手を伸ばせば、両者の距離は無限の長さに変わってしまう。

（わからん）

勘九郎は、その夜も途方に暮れていた。

このまま距離が縮まらぬままなら、永遠に桐野の体には触れられない。

（強引に行っても、距離は埋まらない。……だとしたら……）

勘九郎は、自らも一切の感情を消してみようと試みた。

自らの中に『無』を呼び込むためには、自らの存在をどこまで薄くすればよいのか。

勘九郎は目を閉じ、己の視界から桐野を消した。五感で桐野を感じたままでは、絶対に無理な気がしたのだ。

しかる後、なにかを思案することもやめた。頭で考えているうちは、自らの存在は薄まらない。

視覚を閉ざし、思考を停止しただけで、明らかに桐野への距離が縮まった気がした。

その状態のままで、どれほどときが流れただろう。

一刻か、二刻か。

或いはほんの束の間の一刹那であったか。

そのとき、闇の中で、なにかが爆ぜたように錯覚した。

(ここだ！)

と信じて体を動かす。

意識したわけではなく、手中の枝が、勝手に動いて目的に向かったような感覚だった。

次の瞬間、

「あ……」

桐野の声に応じて目を開けると、手にした枝の先が、確かに桐野の体に触れていた。

それも、心の臓があるあたりに――。

「負けました」

桐野は静かに一礼した。

勘九郎には信じ難い瞬間だった。

「それが、暗殺剣の呼吸でございます」

桐野は言うが、勘九郎にはまるで実感がなかった。

「もうこれ以上俺につきあうのがいやだから、わざと負けたんだろう」

という言葉が出かかるのを辛うじて堪えたところで、夜が明けた。仕方ない。今夜もう一度相手をしてもらって、はっきりさせようと意気揚々本陣に戻ったところ、

「本日出立するぞ」

と三郎兵衛から告げられて一旦は落胆したものの、すぐに思い直した。

(けど、まさか今日中に江戸まで戻ることあないだろ。囮《おとり》なんだしな。……府中でも何日か逗留するだろうから、まだ機会はあるだろう)

と思っていた矢先の、荷駄隊襲撃だった。

勘九郎は夢中で応戦したが、折角桐野から習った呼吸を実戦で使うまでもなく、気

がついたときには三郎兵衛を奪われていた。

三郎兵衛が連れ去られたことは衝撃だったが、それと同じくらい、桐野が荷駄隊の警護をしていなかったことに、勘九郎は驚いた。

肝心なときに三郎兵衛や勘九郎の側《そば》にいないとは、どういうことだろう。

だが、

「桐野殿は、この道中には同道せぬよう、筑後守様から厳しく言いつけられていたのでございます」

お庭番の一人がしたり顔に告げたが、

「だからといって、本当に同道しないわけがないだろう。桐野の務めは、祖父《じい》さんを護ることなんだぞ」

勘九郎は強く否定した。

「影ながらついて来てたに決まってるだろう」

それは勘九郎自身の祈りでもあった。

勘九郎の祈りは別として、お庭番たちは三郎兵衛の行方を懸命に捜しまわった。

勘九郎も彼らと行動を共にしたかったが、

「勘九郎殿は無闇と動きまわらず、日野にてお待ちくださいませ」

予《あらかじ》め、釘を刺されてしまった。

黙って従うしかなかった。己の無知によってお庭番の足を引っ張れば、それだけ三郎兵衛の救出が遅れることになる。勘九郎にもそれくらいの分別はあった。

街道沿いの茶屋で待つほどもなく、日野の二つ先の駒木野宿《こまぎのしゆく》とその次の小仏宿《こぼとけしゆく》のあいだの山中で不審な黒装束の者たちを見かけた、との報せが入った。

「駒木野と小仏のあいだ？」

日野からの距離、三郎兵衛が姿を消してからの時間経過を鑑《かんが》みれば、考えられなくはない。但し、街道を下っていれば、の話だが。

「筑後守様を連れ去った者かどうかは、まだわかりませぬ故、我らだけで参ります」

というお庭番に対して、

「俺も行くよ」

勘九郎は断固主張した。

「しかし、勘九郎殿――」

「間違いないよ」

「何故わかります？」

「奴らが、どうやって祖父さんを虜《とりこ》にしたのかはわからねえが、あのジジイを生かしたまま遠くまで運ぶのは相当骨が折れる。ましてや、小仏の峠を越えるなんざ至難の業《わざ》だ。峠の手前で足止めだろう」

たいした根拠があってのことではなかったが、勘九郎の言葉に異を唱えるお庭番は一人もいなかった。

確証がないことでは彼らも同様だったのだろう。

確証のないまま、勘九郎とお庭番たちは駒木野宿に向かった。

駒木野は、古い旅籠《はたご》が何軒かあるだけの小さな宿場だ。次の小仏宿同様、当然本陣も脇本陣もなく、宿場としては全く繁盛していない。

宿場として賑わっているわけではないので、格別の用がなければ足を止める旅人はいない。あまり人気《ひとけ》のない宿場の周辺を、不審な一団がうろついていれば、確かに目立つ。

駒木野を出て小仏に至るまでもなく、勘九郎とお庭番たちは、案の定襲撃された。

既に陽は暮れかけている。

黄昏《たそがれ》の逆光の中で、黒装束の跳梁するさまは、いっそ美しくすら見えた。

おそらく忍びなのであろうが、勘九郎とは全く呼吸が合わなかった。

最初は、相手の腕が勝るのであろうと思った。

敵は、狙う相手によって討手の程度を加減して送り込むような念の入った奴だ。選り抜きのお庭番を殺《や》る以上、当然敵も腕の立つ者を送り込んでいる筈だ。

その証拠に、お庭番たちと互角に渡り合っている。

(手強いのだろうな)

思いつつ、無造作に刀をふるうと、

ギャッ、

正面に来た敵が、瞬時に血を噴いて倒れた。

「え？」

勘九郎は戸惑った。

すぐ次の敵が面前に迫るが、そいつの繰り出す忍び刀が勘九郎に迫る以前に、勘九郎の切っ尖がそいつを逆袈裟《ぎゃくげさ》に斬り上げる——。

うぐあーッ

脾腹《ひばら》から肩にかけて激しく血を噴きつつ、そいつは大きく仰《の》け反った。そのまま倒れ、ピクとも動かぬところをみると、絶命したのだろう。

(え？　弱いのか？)

勘九郎はいよいよ戸惑う。

まさか、自分にだけ弱い者が差し向けられたのか、とさえ訝った。

訝りつつも、戦いは続く。

何故か、敵の動きがよく見える。攻撃をしかけてくる頃合い、どこへ斬り込んでくるのかが目に見えてわかるので、それに先んじて攻撃すればよい。

勘九郎の前に立つ者は、刃すら合わすことなく、一刀に斬られた。

(これって、俺が強くなってるのか？)

勘九郎は漸《ようや》くそのことに思い至った。

勘九郎の腕がもし画期的に上達しているとしたら、桐野との数夜のやりとり以外に考えられない。

(あれは無駄じゃなかったのか)

と改めて思い知ると、勘九郎は忽《たちま》ち嬉しくなった。

(よし、そうとわかりゃあ、手っ取り早く片づけてやるぜ)

勘九郎は俄然《がぜん》元気になり、自ら刺客に立ち向かった。最も、その頃にはお庭番たちも粗方《あらかた》敵を葬っていたが。

(で、肝心の祖父さんは何処だ？)

夕映えの中、死屍累々《ししるいるい》と転がる山中を、勘九郎は進んだ。

三

「松波様、ご気分は如何でございます」

「よいわけがなかろう」

三郎兵衛は当然不機嫌な声で応じた。

依然として、暗黒の中にいる。

どれほどのときが経ったのか、まるで見当もつかない。おかれた状況には何一つ変化がなく、時折何処かから、不愉快な声が聞こえてくる。

当然、気分などよかろう筈もなく、一方的に揶揄《やゆ》してくるような声の主とは、正直口もききたくなかった。

だが、黙っているのは負けを認めてしまうようなものだから、命ある限りは奮《ふる》い立たせて言葉を返す。

「ご不自由をおかけいたしまして、申し訳ございません」

「そう思うなら、なんとかせよ。そもそも、ここは一体何処なのだ？」

「いましばらくお待ちください。ささやかながらも、おもてなしの席を設けさせていただきましょうほどに――」

「ささやかな、だと？　冗談ではないわ。山海の珍味から、南蛮《なんばん》渡来の珍味まで、贅を尽くしてもらおうか。それくらいしてもらわねば、割に合わんぞ」

「贅沢はご禁制でございますが？」

「笑わせるな。貴様はもういくつものご禁制を犯していよう」

「ははは……これは手厳しい」

三郎兵衛がなにを言おうと、声の主は一向懲《こ》りない。それ故三郎兵衛は苛立《いらだ》つ一方である。

(こやつ、いつまで儂を嬲《なぶ》れば気がすむのか)

なにが嫌いといって、理に合わぬことほど、いやなものはない。

敵の擒《とりこ》となり、生殺与奪《せいさつよだつ》の権を握られている。それは仕方ない。勝敗は時の運。三郎兵衛とて鬼神ではない以上、不覚をとることもある。

だが、もしこれが逆の立場で、生殺与奪の権を握っているのが三郎兵衛のほうであったなら、じわじわといたぶるような真似はせず、さっさとその権利を行使する。

即ち、殺すべき相手であればさっさと殺し、赦《ゆる》すのであればさっさと赦す。

それが、理にかなった行いというものだ。

（一体なにを考えておるのだ）

正直、三郎兵衛には気味が悪かった。

人は、自分には理解のできぬ、得体の知れぬものを気味悪く思うものだ。

三郎兵衛は、生まれて初めて己を脅かす不気味な存在と相対し、半ば途方に暮れかけていた。

暗黒の中で、三郎兵衛は何度も身動《みじろ》ぎを試みた。身動ぎはできた。四肢を拘束されているわけではなさそうだった。

だが、身動ぎはできても、己を捕らえて呑み込んだこの暗黒をどうすることもできない。

三郎兵衛がいるのは、身動ぎをしても窮屈ではない程度の空間であったが、そこから逃れ出る術はない。

そういえば、どれほどのときが経っているのかはわからぬが、三郎兵衛は全く腹が減っていなかった。この状況で、真っ暗闇の中にいて食欲が湧かないのかもしれないが、或いは、空腹を感じるほどにはときが経っていないのかもしれない。

暗闇とは、それほど人の感覚を麻痺させる。

（或いは、もう死んでいるのではないか）

と時折三郎兵衛が思いたくなるのも無理はなかった。

なにより腹立たしいのは、

「おい、尾張屋」

こちらからいくら呼びかけても、向こうの気が向くまでは一切返事がないことだった。三郎兵衛のほうは、如何に忌々《いまいま》しくとも、

「松波様」

と呼びかけられれば、

「なんだ。何か用か」

と答えてやっているというのに。

（いっそ、自害して果てるか）

とも考えた。他人に生殺与奪の権を握られたままで長らえるなど、真っ平だった。ならば、自ら死を選ぶしかない。

そういえば、腰のものはどうなっているのだろう、とはじめて思い至り、自らの腰のあたりをまさぐってみた。否、実際にはまさぐろうとした。身動ぎすることはできるのに、何故か腕は動かせなかった。

(何故だ?)

三郎兵衛は首を捻った。

体を、なにかで拘束されているという感覚はない。なのに、腕を自由に動かすことがかなわないのは何故なのか。

(それがわかれば、この状況を打開できるのかもしれぬな)

半ば諦めの境地に陥りかけたとき、不意に暗黒の静寂が破られた。

ばだッ、
ドガドガドガ……

ごでん!

なんの音だろうと想像する暇もなく、唐突に、暗黒が潰《つい》えた。

即ち、一瞬間眩暈《めまい》のするほど大量の明かりが射し込むとともに、

「御前ッ」

聞き覚えのある声音で不意に呼びかけられた。

「桐野か?」

眩《まぶ》しさに耐えられず、思わず両眼を瞑《つぶ》ってしまいながら、三郎兵衛は問い返す。

「はい、桐野でございます」

「あれほど、来るなと言うたのに、何故来た？」

「…………」

桐野は答えず、気まずげに目を伏せている。

「しかも、随分と遅かったではないか」

「申し訳ございませぬ」

来るな、と言ったこととは矛盾するが、桐野は敢えて逆らわなかった。

三郎兵衛が拉致され、ここへ運び込まれてから、実際にはさほどのときは経っていない。

日野宿を出てまもなく、三郎兵衛の率いる囮の荷駄隊は襲撃された。

その一部始終を、少し離れたところから、桐野は見届けた。

三郎兵衛は、矢継ぎ早に敵と斬り結んだ後、爆竹のようなものを投げつけられて一瞬間その火花に目を奪われ、次の瞬間大きな黒い布を頭から被《かぶ》せられてしまった。

おそらく、布にはなにか眠りを誘う薬か香が含ませてあったのだろう。そうでなければ、布で被《おお》ったくらいで、易々と連れ去れるわけがない。

桐野は遠巻きに見張り続け、三郎兵衛が運び込まれた先を確認した。

すぐに救出することも可能だったが、少し様子を見ることにした。

殺さずに拉致するというのは、当然なにか目的があってのことだ。ということは、その目的を達成するまで、三郎兵衛の身は安全なのだ。

それに、残されたお庭番たちはすぐに三郎兵衛のあとを追う。有能な者たちだ。じきに見つけるに違いない。

駒木野まで追って来たお庭番と勘九郎を刺客が襲うのを見て、桐野は急いで三郎兵衛の許まで戻った。お庭番たちを足止めしておいて、三郎兵衛の身柄を何処かへ移すつもりだろうと察したのだ。

案の定、腕の立つ三人が、三郎兵衛の入った箱を運び出そうとするところだった。

桐野は三人と闘った。

(尾張柳生《やぎゅう》だな)

ということは、一、二合刃を交わせただけですぐにわかった。手強かった。

なんとか斃《たお》したが、肝心の首領の姿がどこにも見あたらない。

「申し訳ございませぬ」

もう一度詫びを述べてから、桐野は、三郎兵衛の体を覆っていたものをすべて取り去った。

「…………」

明るさに目が慣れてきたところで、三郎兵衛は漸く、心配そうに覗き込む桐野を認識した。

認識したことで、どうやら己が、なにやら箱のようなものの中に入れられていたのだと知った。

(なんだ、ここは?)

ゆっくりと、身を起こす。

頭上に、矢のような外光が射している。

ゆっくりと身を起こしながら、視線を落とすと、箱の中には、古びた人形のような玩具から着古した着物、手拭い、鼻紙など、さまざまな物がゆるく詰められてた。ゆるく詰められているので身動ぎは可能だが、自在に腕を動かすことは難しい。

「がらくたの中におったのか」

三郎兵衛は身を起こし、腰の二刀がそのままであることも確認した。

「尾張屋は逃げたのか?」

「はい——」

三郎兵衛の問いに、桐野が三度目の詫びを述べようとするのを察し、

「よい。あれは到底、一筋縄でゆく相手ではない」

三郎兵衛はすかさず言った。

もとより、桐野が二度目の詫びを述べたときから、確信していた。桐野は、理由もなく頭を下げるような、無節操な真似はしない。頭を下げるときは、それだけの理由がある。

「ところで、ここは何処だ？」

明るさに慣れた目で頻《しき》りとまわりを見回しながら、三郎兵衛は問うた。

「駒木野の、宿場はずれの山中でございます」

「山中の、なんだ？」

「土地の猟師や樵《きこり》の利用する杣《そま》小屋でございます」

「なに、杣小屋だと!?」

三郎兵衛はさすがに目を剝いて驚く。

「もっと広くて奥行きのある……城の天守か寺の本堂のような場所だとばかり思うていたぞ。声の響き方が、そんな感じだった」

「そう聞こえるよう、なにか細工をしたのでしょう」

「おのれ、尾張屋め。斯様ないぶせきところへ、この儂を連れ込みおって！」

さも忌々しげに三郎兵衛が舌打ちしたとき、

「祖父さーんッ」

聞き覚えのある声が三郎兵衛を呼ぶ。

「おや、勘九郎か？」

「はい。尾張屋がさし向けた刺客の始末が終わったようでございます」

「そうか」

と一旦は納得しかけたが、

「ならば、何故そちがここにおる？」

三郎兵衛の顔色が一瞬で変わる。

「あやつのことは、頼んでおいたではないか」

「…………」

「あやつにもし万一のことがあれば――」

「心配ご無用でございます」

「何故そう言い切れる？」

三郎兵衛は鋭く問い返した。

桐野の態度から、勘九郎の身の上に起こった異変を察している。

「勘九郎に、なにをしたのだ？」

「申し訳ございませぬ」

結局三度目の詫びを述べてから、

「若に、ほんの少しだけ暗殺剣の指南をいたしました」

桐野は言い、深く頭を垂れた。

勘九郎から強く望まれたから、とは言わず、ただ短く事実だけを告げた。

その場をピクとも動かなかったのは、激昂した三郎兵衛から、即座に手討ちにされても仕方ない、と覚悟してのことだ。歴とした旗本の子弟に邪道な技を仕込むなど、それほどだいそれた真似だと思っている。

「仕方のない奴だな」

だが三郎兵衛は、短く嘆息しただけだった。

「御前？」

「どうせ、あやつが執拗にそちに迫ったのであろう。或いは、いつもそちが間に合うとは限らんぞ、とかなんとか、そちを脅して――」

「…………」

桐野には答えられなかった。

あまりにお見通しな三郎兵衛にも驚くが、

「祖父さんッ、生きてるか？」

勘九郎の声が近づいていることも気になっている。

「あやつとは顔を合わさぬほうがよいのであろう？」

「はい」

「ならば、早く消えろ」

「はい」

短い返事とともに桐野の姿が小屋から消えるのと、激しく息を切らした勘九郎が飛び込んで来るのとが、ほぼ同じ瞬間のことだった。

四

江戸に戻り、お庭番からの報せを聞くだけの日々が続いた。

関八州《かんはっしゅう》のいたるところに設けられた尾張屋の隠れ家を、お庭番たちは片っ端から突き止め、曝《あば》いた。隠れ家にいた者たちは皆、逃げるか、ほぼ無抵抗で捕らえられるかしたが、主人である尾張屋のことなど殆《ほとん》どなにも知らぬ下っ端ばかりであった。

結局《尾張屋》吉右衛門の姿は、どこからも発見されなかった、という。

「江戸はおろか、最早関東にもおらぬのかもしれませぬ。こうなれば、捜索の範囲を、京・大坂までひろげましょう」

「そうだな」

　桐野の提案に、だが三郎兵衛はさほど乗り気ではないようだった。

「京・大坂どころか、とっくの昔に長崎から旅立ってしまったかもしれぬぞ」

「まさか……」

　無気力に呟く三郎兵衛を、桐野は信じられぬ面持ちで見返した。

「いや、唐天竺《からてんじく》から南蛮まで飛びまわって、何《い》れ《ず》巨万の財を築くつもりだ。……あれは、そういう男だ」

　無気力でありながら、三郎兵衛の口ぶりはどこか楽しげですらあった。

（易々と敵の擒になったご自分のことが、余程許せないのであろう。お気の毒に……）

　三郎兵衛の無気力の理由を、桐野なりにそう解釈した。

「兎《と》に角《かく》、引き続き、捜索を続けます。尾張屋が、天下の大罪人であることに変わりはございませぬ」

　いつになく反応の鈍い三郎兵衛を気遣いながらも、力強く桐野は述べた。

尾張屋を捕らえて三郎兵衛の前に引っ立てて来ることこそが、彼の気力を呼び戻す唯一の方法だと桐野は信じた。


「浮かない顔だな、祖父さん」

縁先から月を眺めている祖父に酒を勧めながら、勘九郎はさり気なく隣りに座る。

「尾張屋とかいう奴を捕まえられなかったのが、そんなに悔しいのか？　桐野の前では、割と平気そうだったって聞いたけど……」

「捕らえられなかったのは問題だが、それより、奴がなにを考えていたのかさっぱりわからぬ。あのような者に捕らえられ、いいように嬲《なぶ》られたと思うと、いまでも怒り心頭に発するわ」

言ってから、猪口《ちょこ》に注がれた酒をグィッと飲み干す。

「でも、よかったじゃないか、無事だったんだから」

勘九郎は宥めるつもりで言ったのだが、

「たわけがッ」

その途端、一喝《いっかつ》された。

「敵に情けをかけられたのだぞ。それも、あのような得体の知れぬ奴に。魂胆がわからぬだけに余計不気味だ。これを、貸しのつもりとでも考えておるのやもしれぬ」

「だとしても、別にいいじゃねえかよ。どうせそいつは、どっかに逃げちまったんだろ」

「逃げたといっても、旗色が悪くなって身を隠したにすぎん。何処ぞで悪事を企んでおるわ」

「それほどなの？」

三郎兵衛の気が鎮まるのを少し待ってから、恐る恐る勘九郎は訊ねる。

「なにがだ？」

「その尾張屋って奴。……祖父さんがむきになるほど、すごい奴だったの？」

「すごいのかどうなのか……兎に角、まるで摑み所のない、なにを考えているかわからぬ奴だった」

「祖父さんでも？」

「ん？」

「祖父さんでもわからないの？」

「ああ、さっぱりわからんな。《尾張屋》吉右衛門と名乗ってはいたが、いまとなってはそれもまことの名かどうか。なにしろ奴は、商売を変える毎《ごと》に名も変えていたようだ」

「よくわかんねえけど——」

祖父さんを殺さねえでくれて、有り難えけどな、という言葉を、勘九郎は辛うじて呑み込んだ。もしうっかり口走れば、

「賊に感謝などするでないッ！」

一喝されることになるだけだ。

「そもそも奴には、己が罪人だという自覚すらなかった。何故だ？　人を殺しても僅かも罪悪感をおぼえぬような悪人が、生かしておくべきではない者を何故生かしたのか。全く、解せぬわ」

「それは多分、尾張屋の目的が、祖父さんだからだろう」

「なんだと？」

三郎兵衛の顔色が直ちに変わる。

「尾張屋が、本気で幕府転覆を企んでいるんだとしたら、内通者が必要だろう。それも、幕閣の中で、ある程度の顔のきく——」

「儂を、内通者に？　……馬鹿なッ」

吐き捨てるように言ってから、

「儂を……この、三河以来の直参・松波家の当主である儂を、内通者にだと⁉　馬鹿もやすみやすみ言うがよいッ」

更に続けて怒声を発した。

「だって、まわりを真っ暗にして、ときどき話しかけるって、なんかの呪《まじな》いだろ。異国の幻術師が、そういう手を使うって、聞いたことがあるぜ。いくら気丈な祖父さんだって、そんな呪いをずっとやられてたら、おかしくなってたかもしれねえだろ」

「ふうむ……」

三郎兵衛は忽ち鎮まり、勘九郎の言葉に聞き入った。

納得する点が多々あったのだろう。

(もし勘九郎めの言うとおりだとしたら、尾張屋、思った以上にとんでもない奴だ。ううむ、益々許せん)

忸怩たる思いを振り払うように、三郎兵衛はもう一杯、猪口の酒を飲み干した。

五

雲一つない蒼天を、猟鷹《りょうよう》が翔《と》ぶ。

一斉に放たれた猛禽《もうきん》は、地上の小動物、或いはさほど高くは飛翔できぬ小鳥などを襲う。

鷹の襲撃を避け、逃げまわる兎《うさぎ》や狐《きつね》を、馬上から人も狙っている。

（でかい獲物ならば狩る意味もあるが、兎や狐など射るのはいやなものじゃのう）

一旦狙いを定めて番《つが》えた矢を射ることを、三郎兵衛は躊躇《ためら》った。

将軍のお供をして狩り場に出るのは旗本の役目だが、三郎兵衛が初出仕した宝永《ほうえい》元年は五代綱吉《つなよし》の治世中であり、鷹狩りは禁止されていた。

それを復活させたのは現将軍の吉宗であり、三郎兵衛が頻繁に狩り場に出るようになったのも、五十を過ぎてからのことになる。

もっと若い頃から狩りに慣れていればさほどには感じなかったのだろうが、この年になると、無用の殺生はできれば避けたい。

憎い敵に対してならばいくらでも殺意が湧くのに、己に敵意を向けてくるわけでもない小動物を殺すのは正直気が重かった。

「どうした筑後、腕が落ちたか？」

三郎兵衛がわざとあらぬ方向へ矢を射込むのを見て、吉宗は無邪気に笑った。

日頃は思慮深い質《たち》なのに、狩り場へ出ると忽ち少年に戻ってしまうのか。

「今日は大物が獲《と》れそうじゃ」

馬上で目を輝かす姿は、とても五十も半ばを過ぎた男のものとは思えなかった。

とはいえ、冬の狩り場にはそもそも野生の獣は少なく、鳥見役の者が事前に放った小動物が大半だ。

そのとき、吉宗の前方にやや大きめの鹿が姿を見せたのは、奇跡であった。

「上様！」

傍《かたわ》らにいた鳥見役が、すかさず声をかけるまでもなく、吉宗は反射的に矢を番《つが》えている。

膂力《りょりょく》が強いので、軽く引きしぼるだけで騎射の体勢に入れる。

それほど狙いは定めず、存外無造作に放つ――。

しゃッ、
放たれた矢は、確実に鹿の眉間を貫いた。

恐らく即死であろう。

「お見事でございまする！」

「上様、上々！」

「上様、上々！」

歓喜の声が、忽ち御拳場《おこぶしば》を席巻する。

だが、そんな歓喜のさ中、三郎兵衛はふと頭上をふり仰いだ。何故とも知れぬ胸騒ぎの故だった。

すると、一羽の鷹が、突如吉宗に向かって急降下をはじめている。

鷹が頭上を飛び交っているのは御拳場では至極当然のことなので、誰も気にする者はいない。鳥見役も鷹師も、全く注意を払ってはいなかった。

寧ろそのことを、三郎兵衛は奇異に感じた。否、それは今日この狩りがはじまったときから常に感じていた違和感だった。

その違和感の正体に、いま漸く気がついた。即ち、御拳場に配置されている筈のお庭番の数が、明らかに少ないのだ。

(お庭番の数が少ないのは、《尾張屋》の探索に出払っているからだ)

ということも、三郎兵衛は察している。

(あの鷹が、もし何者かによって訓練された鷹だったら?)

尾張屋のことが脳裡を過《よぎ》った瞬間、三郎兵衛には察するものがあった。

それ故、素速く吉宗の側に馬を寄せつつ、その鷹めがけて、矢を放つ――。

大きく羽をひろげ、その鋭い嘴と爪によって明らかになにかを狙っていたであろう鷹の体を、三郎兵衛は射抜いた。

射抜かれた瞬間、鷹は絶命していた。

「なにをなされる、松波様」

「御鷹を射るなど、言語道断でございますぞ、松波様」

鳥見役と鷹師は口々に三郎兵衛を糾弾した。

「その鷹の、嘴《くちばし》と爪《つめ》を調べてみるがいい」

だが三郎兵衛は、少しも慌てず言い放った。

「なんですと！」

鳥見役も鷹師も忽ち顔色を変えたが、瞬時にすべてを察した吉宗は、

「騒ぐな。筑後の言うとおりにせよ」

と命じて、その場をおさめた。

ほどなく、鷹の嘴と爪には、鳥兜《とりかぶと》の毒が塗布されていたことが判明した。

「よくわかったのう、筑後」

「よく躾《しつ》けた犬猫を暗殺に使うことがあると聞いておりましたので」

「犬猫であれば、躾けられようが……」

「烏《からす》を手懐《てなず》けた者もおると聞きました。烏を手懐けられる者が、鷹を自在に操《あやつ》れぬ

わけがございません」

三郎兵衛は淡々と告げた。

将軍暗殺を未然に防いだという歓びよりも、この日に合わせて手懐けた鷹を送り込んできた敵に対する虞《おそれ》のほうが大きかった。

× × ×

「儂の言うたとおり、尾張殿の仕業ではなかったであろう、次左衛門」

黙らせる目的で言ったのに、

「いいえ、尾張様…ではのうて、前中納言の仕業に相違ございません」

稲生正武は少しも懲りずに言い返してきた。

「そなた、儂の話を聞いていなかったのか」

「尾張屋吉右衛門なるものは、そもそも尾張家に出入りの商人でございましょう」

「それはそうだが」

「でしたら、前中納言と繋がっていないわけがございません」

「だがそれは、前中納言の隠居前までの話だ。いまはもう——」

「松波様はお甘うございます」

「なに？」

「得体の知れぬ尾張屋とやらの言葉を、すっかり鵜呑みにしておられる」

「………」

「言うてはなんですが、尾張屋は、松波様の知己でござるか？」

「そんなわけなかろうがッ！」

三郎兵衛は思わず声を荒げた。

思わず声を荒げている時点で、三郎兵衛は負けている。

（こやつは、何故こうも頑《かたく》ななのだ）

半ば途方に暮れた。

「尾張屋などといういかがわしい者の申すことなど、それがしは金輪際信じませぬ」

「………」

「それ故、前中納言のことは、これからも厳しく監視し続けます」

「そうか」

頑なすぎる稲生正武に対して、最早三郎兵衛は説得を諦めた。

三郎兵衛は、尾張宗春という人物に対してなんの義理も恩もない。ましてや格別の親交などもない。この先尾張家——というより、宗春個人にどのような災厄《さいやく》が訪れようと、三郎兵衛の知ったことではないのだ。

(しかし、こやつに負けることだけは我慢ならぬ)

三郎兵衛はしばし思案し、そして遂に打開策を見出《みいだ》した。

「それはそうと、次左衛門」

つと、話題を変える。

「池田《いけだ》家のお女中とは、いまでも文のやりとりくらいはしておるのか?」

「は?」

「確か、志保《しほ》殿というたかの?」

「そっ、それは……な、何故、松波様がその名を……」

志保という名を出した途端、稲生正武は目に見えて狼狽した。

「どうした、次左衛門? なにを狼狽《うろた》えておる?」

「いや、そ、それがしは別に狼狽えてなどおりませぬ。……な、なれど、何故松波様が、し、志保殿の名を……」

「そちの池田家贔屓《びいき》の理由がなんなのか、気になっておったのだ」

「そ、それがしは別に、池田家贔屓なわけでは……」

「いやいや、尾張殿に対する断固たる態度とは、明らかに違っておった」

「だ、断じて、そのようなことは……」

赤くなったり青くなったりしながら、稲生正武は何度も言い淀んだ。その様子に内心大いに満足しながら、三郎兵衛は完爾《かんじ》と微笑《ほほえ》む。

どうせ他には人のいない芙蓉之間だ。

大目付二人が如何に大声を張りあげて言い合おうと、盗み聞きされる虞はなさそうだった。

時代小説
二見時代小説文庫

猟鷹《りょうよう》の眼 古来稀《こらいまれ》なる大目付《おおめつけ》5

二〇二二年 四 月二十五日 初版発行

著者 藤《ふじ》 水名子《みなこ》

発行所 株式会社 二見書房
〒一〇一-八四〇五
東京都千代田区神田三崎町二-一八-一一
電話 〇三-三五一五-二三一一［営業］
〇三-三五一五-二三一三［編集］
振替 〇〇一七〇-四-二六三九

印刷 株式会社 堀内印刷所
製本 株式会社 村上製本所

落丁・乱丁本はお取り替えいたします。定価は、カバーに表示してあります。

ISBN978-4-576-22047-5
https://www.futami.co.jp/